GAEA

GAEA

大風颳過 著

龍緣

卷肆

一緣一會〔完〕

龍緣

卷肆〔完〕

目錄

第十三章

天命？天命到底是甚麼？

難道當年在鏡中所見的事實，真的無論如何不可改變？

他突然之間，不想再追究了。

有人在他耳邊喊：「越兄，越兄……」

樂越感到深深的無奈：「這次又到哪裡了……師祖，你能不能別再出謎題，直接告訴我實情？」

幾滴涼涼的水滴濺到了他的臉上。

「怎麼辦？樂越他開始說胡話了……老烏龜你不是說他能好的嗎？爲甚麼越來越嚴重了？樂越如果死了，我就去燒了地府！」

嗯？樂越豎起耳朵，這個聲音……貌似不屬於卿遙師祖的夢境，依稀是琳箐。

樂越的領口又被拎住了，琳箐的聲音中帶著濃重鼻音，一點點水滴再次落在他臉上。

「樂越，你醒一醒，快醒過來！」

杜如淵的聲音在不遠處涼涼道：「琳公主，照妳這麼天天搖下去，我看越兄這輩子都難醒過來。」

樂越的領口一鬆，後腦咚地磕到地面。

琳箐怒喝道：「杜書呆，你說甚麼風涼話！你的烏鴉嘴如果敢好的不靈壞的靈，我就把你……」

樂越睜開眼皮，捂住後腦，掙扎著坐起身：「不用把杜兄怎麼樣。我醒了。」

正在跳腳呵斥杜如淵的琳箐慢慢地轉過身，睜大了眼眶發紅的雙眼，突然用手捂住嘴，哇地哭了出來，狠狠一拳砸在樂越肩膀上：「你、你終於醒了！」

樂越被砸到的肩膀處傳出一聲悶哼，昭沅從他的領口中搖搖晃晃探出腦袋。琳箐在他龍角上彈了一下：「還有你！我眞以爲你們醒不過來了。」

樂越從沒想到琳箐也會哭，一時有些無措。

琳箐抬袖抹掉臉上的眼淚鼻涕，忽然又笑起來：「不過，你們醒了就好，醒了……眞好。」

樂越轉頭打量四周。

他現在身處一間既奢華又奇怪的房間內。

房間地上鋪著清涼的竹蓆，但既沒有桌子，也沒有床。他睡在房間的角落裡，另一處角落擺著幾個漆盤，上面放置著的精緻瓷器、銀碗和水晶盤，盛滿了瓜果點心。

牆壁上掛著琉璃燈盞，裡面燃燒著四、五根手指那麼粗的蠟燭，整個房間亮如白晝，但牆壁上卻空蕩蕩的，沒有窗戶，只有一扇石門。

琳箐站在他的身邊，不遠處杜如淵和商景席地對坐，兩人之間擺著一張棋盤，最令樂越驚訝的是，他和杜如淵的雙手、雙足都綁著頗粗的鐵鍊，鐵鍊另一段被釘子牢牢固定在牆上。

樂越有些搞不懂眼前的情形：「這是……」

杜如淵捏著一枚棋子，簡潔明瞭地告訴他：「越兄，我們蹲了。」

樂越仍未反應過來：「蹲？」

杜如淵淡定地把棋子按上棋盤：「蹲牢房。這裡是安順王和太子爲我們特地布置的大牢。」

樂越看看畫著精緻花紋的房梁：「這牢房不錯啊。」他動靜一大，左胸立刻刺痛起來，琳箐一把扶住他：「小心一點，傷口別裂開。」

樂越將身體倚靠在牆上：「不礙事，鳳凰一刀都沒有結束掉我，養好傷更是小意思。不過當時我還真當自己要完了。是了，我中刀之後，到底怎麼樣了？」四下張望。「應澤……殿下哪裡去了？」

琳箐冷笑兩聲，抱起雙臂在樂越身邊坐下：「不要提那個外強中乾的老龍！提起就上火！成天吹噓甚麼本座要滅天、本座要覆地。結果好嘛，場面剛鋪開，戰都沒戰，他就暈了，傻龍都比他強！」

杜如淵長嘆。

琳箐翻開牆角的一團布，從裡面拖出一本書，藍色封皮上趴著一隻蜥蜴狀的黑色物體，兩隻爪子緊緊抱住書的一角。

「看，他從那天到現在就是這副死樣子。」

《奇玄法陣書》五個大字跳入眼中，樂越的左胸處抽了抽，書冊上有一處被洞穿的殘破痕跡，染著暗紅色血痕。

應澤蜥蜴般的身體一動不動，雙目緊閉，肚皮也不見起伏，昭沅飄到他身邊，小心翼翼用龍角碰碰他的身體，再用龍尾在應澤脊背上拍打一下，應澤依然沒有動。

琳箐粗聲道：「老龍沒事，他是自己故意搞成這個樣子的。」

那天，在宗廟中，樂越被鳳梧扎了一刀後，琳箐和老龍都發了狂，琳箐把鳳桐打了個半死，老龍則召雲喚霧，儼然一副要毀天滅地的架勢。趕上前救治樂越的商景從樂越胸口拔出匕首，發現匕首被樂越懷中的兩本書擋住，沒有扎到心臟。商景從樂越懷中取出那兩本書冊，老龍法力召出的罡風捲開書頁，於是不可思議的一幕出現了。

自那本叫作《太清經》的書冊中浮起金色符文，半空中的老龍大叫一聲，就從雲頭上一頭栽了下來。

杜如淵自棋盤邊站起身：「越兄，這本書，還有你懷中的另一冊《太清經》究竟是何來歷？那日在宗廟裡，這兩本書可眞是出人意料啊——」

「沒錯！老龍看到這兩本書，居然不去打鳳凰，直接就衝你撲過來了，如果不是我和老烏龜擋得快，可能你現在眞的已經在陰曹地府了。」琳箐的牙齒磨得咯咯作響。「要不是他，你和書呆怎麼會在這間牢房裡。」

昭沅變回人形，皺眉看著琳箐，琳箐看起來好像和平時沒甚麼兩樣，可她身上的仙氣很微弱，商景也是一樣。

「琳箐，妳……和商景前輩是不是受了傷？」

琳箐苦笑：「傻龍的眼力越來越好了。不錯，我和老烏龜在攔老龍的時候受了傷，若不是那本《太清經》，可能我和老烏龜都要廢在老龍手下了。」惡狠狠在應澤的身體上戳了一指頭。

琳箐和商景都傷得很重，暫時難以使出甚麼法力，安順王一黨才趁機撿了便宜，抓了樂越、杜如淵和定南王。

定南王被單獨關進大牢，安順王和太子忌憚樂越與杜如淵，將他們關進安順王府的這間囚室。

琳箐最後說：「不過，唯一還算解氣的是，鳳梧被老龍的戾氣傷得很重，恐怕難以好轉了。」

杜如淵自棋盤邊站起身：「所謂世事難料，吾怎麼也想不到，本以爲萬無一失的驗親儀式會變成這樣。越兄，你懷中的兩本書，究竟從哪裡得到的？」

樂越在夢境中見了太多事情，此刻對自己的處境已不覺得怎樣了，從果盤中抓起一片西瓜，咬了兩口，才道：「這本陣法書得自西郡王府。至於另一本，說出來你們可能不信，是我在夢中所得。」

琳箐和杜如淵果然驚訝道：「夢？」

樂越瞄著趴在書皮上的應澤，一字一句道：「我和昭沅，在夢中，回到了四百多年前，見到了卿遙師祖。」

最後四個字剛剛出口，應澤的身體動了動，驀地睜開眼皮。

昭沅從琳箐手中接過托著應澤的書冊，樂越再咬一口西瓜：「卿遙師祖他的風采，眞是讓我欽佩——」

琳箐跨步擋在樂越面前，樂越撐著站起身，把琳箐拉到自己身後。

應澤倒三角的眼睛裡冒出綠幽幽的光：「那本書，是卿遙在夢裡給你的？」

樂越默認。

應澤哈哈大笑數聲：「好！眞好！也罷，是他將本座從雲蹤山下救出，就當我還他人情了。」

樂越默默等他笑完才繼續道：「應澤殿下，我有一件異常要緊之事想問，不知你能否賜教？」

應澤半眯起眼：「何事？說吧。」

樂越緩聲道：「應澤殿下是不是認識一位叫『使君』的仙者？」

應澤瞳孔猛地收縮，使君二字彷彿羽箭，直刺進他心中。

使君，使君，使君……這個詞很是耳熟。可他記不得誰與這個詞相關。

使君……使君……

朦朧的記憶中，他曾無數次聽人如斯喚過。

「使君眞雅量也……」

「若非使君，誰又能與那應澤共事……」

「使君何必爲應澤説情，白白賠上自己的清譽？」

「使君……」

「使君……」

應澤的前爪深深掐進頭皮中，牢房的地面和牆壁轟隆隆抖動，房頂上掉下大塊大塊碎屑。昭沅被震倒在地，書冊脫手而出，商景從懷中抽出另一本書，打開，書頁中頓時飛出一個金光閃閃的「靜」字，罩向應澤。

應澤悶哼一聲，抽搐兩下，抱著腦袋的兩隻前爪漸漸鬆開，屋內震動漸停。

幾個穿著清玄派衣服的人推開石門，向內張望，高聲道：「快去通報太子殿下和師父，樂越醒了！」再把門牢牢關上。「守好門，樂越太邪性了，醒過來後立刻就興風作浪。」

過不多時，石門再度打開，太子在一群清玄派弟子的簇擁下甚是抖擻地出現，雙手負在身後，皮笑肉不笑地掃視屋內。他看不見使用了隱身法術的琳箐、商景和昭沅，洋洋得意地問樂越：「妖徒樂越，身在囚牢之中，感覺如何？」

樂越道：「滿好，比以前住的破屋子強多了，吃得也好，多謝太子殿下款待。」

太子陰惻惻道：「覺得不錯便好。你身上帶傷，剛剛醒來，本宮體恤，不立即審你，讓你多休養幾日。另外，未免你與杜世子二人在此寂寞，本宮特意為你們帶了個同伴過來。」

擊掌兩下，兩名清玄派弟子拖著一個渾身血跡的人走了進來。那人被丟到牆角，凌亂的頭髮下，露出洛凌之的面容。

太子哼道：「不自量力，到安順王府中劫獄！本宮本打算念在曾經同門一場的份上命人無須認真追捕你，卻不想你竟自己過來送死。也罷，正好與你的同黨作個伴兒吧。」甩袖離去。

石門闔攏，琳箐向石門外的方向看了一眼，就在剛剛，她察覺到一絲熟悉的氣息，絕對是孫奔。

樂越與杜如淵上前扶起洛凌之，琳箐勉強運起法術穿牆而過，沿著那股氣息追蹤過去，果然在庭院中見到了孫奔。

他正單膝跪在和禎腳邊，神采奕奕，滿臉恭順。

和禎俯睨著他道：「你倒是個識時務的人，將洛凌之的行跡洩露給本宮，你就不怕樂越等人來日找你報仇？」

孫奔露出明晃晃的白牙：「草民不信他們在太子手中還能翻得了身。所謂識時務者為俊傑，孫某既然想謀功名富貴，自當懂得跟隨風向。」

太子瞇起眼：「好一個跟隨風向！不過，本宮可聽說你的來歷不簡單。」

孫奔簡潔地道：「與草民有仇的是和氏，其餘人等在當日不過是和氏手中的刀，看著和氏永不翻身是草民最大的願望。」

太子撫掌道：「果然是能成大事者。不管你來投靠本宮是眞心還是假意，你此時送了本宮一個人情，本宮會暫且將你留在安順王府。」

孫奔叩首謝恩。

琳箐遠遠地看著，待太子離去，遙遙地向著孫奔說：「你不單無恥，還連骨頭都沒有。」

孫奔無所謂地笑了笑。

琳箐折身回到牢房中，洛凌之經過商景的救治已慢慢醒來，樂越正在餵他喝水。

琳箐硬梆梆道：「我方才在外面看到了孫奔，他正在向太子表忠心。」

樂越怔了怔，放下水碗：「洛兄，你和孫兄這是何苦。」

杜如淵道：「不錯，即便你用了這等苦肉計，太子也不可能相信孫兄。」

琳箐道：「是啊，剛剛我還罵了孫奔一句，不知道能不能幫你們演得像一點。」

洛凌之虛弱微笑：「難得琳姑娘終於認可了孫兄的人品。」

琳箐嗤道：「才不是呢，我是太明白他狡詐的本性了。」

洛凌之含笑道：「起碼，我與孫兄都進了安順王府，這已算是達到目的了。」

樂越看著他血跡斑斑的衣衫：「有琳箐、昭沅和商景前輩在，我和杜兄不會有事，你把自己搭進來太不划算了。」

洛凌之坐起身：「我想不出孫兄那樣的好計策，就只能出些人力了，孫兄他……」石門又被推開，洛凌之及時住口。來人是前來送飯的幾個清玄派弟子，打頭的正是當日帶頭叛離青山派的樂越原大師兄魯休。

魯休將食盒放到牆邊，神色複雜地打量樂越與洛凌之片刻，走將過來，摸出一盒藥膏：「洛師兄，你傷得挺重，這個你留著使吧。」

洛凌之道了聲謝，樂越抬手接下。

魯休眉頭擰得緊緊的，再看樂越：「樂越啊，旁人不知道，我是看著你長大的。我不信你自己能做出那麼多邪事，倘若……背後另有其人，你應該想一想那人的居心，及時回頭。」

樂越站起身，直視著魯休：「魯師兄，我小的時候你曾照顧過我，這份同門情誼我一直記著，人往高處走，你們叛出師門，師父讓我們不要記恨，我便不多說甚麼。但你若敢誹謗師父半句，別怪我不客氣。」

魯休不再作聲，這群人中還有個樂越昔日的同門師兄，突然冷笑了一聲：「眞是傻，你當我們昔日眞是爲了攀高枝才離開師門的麼？醒醒吧，仔細想想這些年來，那幾位有沒有不對勁的地方。」

樂越雙拳握起：「有種就把話直著說！」

魯休擋到樂越和那人之間，抬手道：「樂越，我等的確是好意，念在昔日同門情誼，不忍看你和其他師弟們被人利用。你當眞沒有覺得鶴掌門他有哪裡不對勁麼？」

他話未說完，樂越已經一拳揮了過去，魯休閃身避過，大喝道：「樂越，現在青山派的掌門鶴機子，他根本不是眞正的鶴機子！」

四周一干清玄派弟子一擁而上，聯手將樂越架住。

魯休苦笑數聲：「也是，難怪你不信，也未看出。你們這些小師弟根本就是被那幾個妖人養大。只有我們才看得出端倪。」他頓了頓，續道。「就是在十幾年前，你被帶到青山派之後，我們發現師父不再是原來的師父。雖然他和師父的相貌、聲音完全一樣，可舉止習慣仍有破綻，只有我們這些被師父帶大的弟子才看得出來。可那時，青山派已被他把持，我等不敢說，只能離開師門。」

「你可知道，青山派原本只有師父一人，並沒有所謂的兩位師叔。那兩個妖道是在假師父把持青山派後才突然出現的。你若不信，可以去少青山腳下問那些曾到青山派進香的村民。

「我不知他們到青山派有甚麼企圖，原本想要隱忍查明，但後來，卻被他們發現了馬腳，我與其他師弟只得假裝叛逃到清玄派保命。剩下你們這些小師弟，都未曾見過眞正的師父，我們料想他等爲了僞裝，也不會將你們如何。因此，才留下你們逃了。」

「這便是我等心中藏了多年的祕密，信與不信，悉聽尊便。對了，就連我們的道號、輩分，本也不是樂字輩，而是常字輩，正因他突然爲眾弟子改道號，我們才初次懷疑這人不是師父。」

魯休收起吃空的果品碗碟，與眾清玄派弟子一道離開。

樂越作了一個夢。

夢中是早已被他遺忘的一段往事。

那是他十歲那年的某日。師父鶴機子闡釋完道法後，布置下功課，要弟子們寫聽經的心得一篇，樂越和幾個小師弟苦著臉去求年長的師兄幫忙。師兄樂休小聲告訴他說，師父房中有幾本冊子，那上面有師父寫的心得，把冊子偷出來看看，自然就知道心得該怎麼寫了。

樂越偷偷摸進師父房中，果然在桌案上看見幾本書冊，其中一本夾著一張紙籤條兒，紙籤標記的那頁正是今天師父講到的地方。另用細筆小字批註著感悟心得。

樂越大喜，飛快地袖走冊子，溜出師父房門不多遠，就被樂休師兄攔住。

樂越高高興興地從袖中取出冊子，剛想表功，就被師兄一把奪過，匆匆翻開，嘩啦握縐了紙頁，神色猙獰。

樂越有些害怕，趕緊說：「師兄，弄縐了師父會發現。」

師兄的神色勉強和緩下來，把冊子遞還給他，還摸了摸他的頭。

抄完感悟後，樂越趁著師父和師叔們吃晚飯的工夫，偷偷把冊子放回原位。剛準備溜走，門嘎吱一響，師父竟然出現在門口。

樂越躲閃不及，手足無措，結結巴巴地說：「師、師父，弟子剛剛聽見房裡有老鼠叫，所以進來……」

鶴機子走到書桌前，拿起樂越剛剛還回的冊子，含笑道：「眞是好大一隻老鼠。」

樂越只得撲通跪下：「師父，徒兒錯了。」誠懇交代懺悔偷書行徑。

鶴機子撫摸被揉縐的冊角：「是誰提點你來偷書的？這本書還有誰看過？」

樂越很講義氣地沒有出賣大家：「沒誰提點我，徒兒只是想來師父房中尋一尋有沒有解釋道法的書，沒想到發現了這個。」

鶴機子放下書冊，捻鬚道：「罷了，爲師不會重罰你。但你要把今日所行之事與道法比較，再寫一篇心得出來。」

樂越頓覺眼前一黑，比讓他去祖師殿跪一夜還難受。他愁眉苦臉地退出師父房間，又在走廊拐角處被樂休師兄攔住。

師兄神色有些忐忑：「樂越，師父是不是知道你偷書的事了？他說甚麼了？你有沒有……有沒有說是我……」

樂越挺起小小的胸膛，神氣地道：「師兄放心，我跟師父說這事兒是我一個人幹的！」接著苦下臉。「師父也沒說甚麼，就罰我將偷書之事與道法比較，再寫一篇心得。」

樂休師兄鬆了一口氣，匆匆走了。

樂越沉在夢鄉中，緊皺眉頭。早被遺忘的一些零星往事浮出來，他卻不願意確認，有意無意地尋找駁斥這些的東西。

於是，另一段往事出現在他的夢中。

那時他已有十二、三歲，師兄們投靠清玄派去了，師門窮得揭不開鍋，樂越每天到山下鎮上做點零工賺錢。他年紀小，沒幾個人肯用他，只有開糧行的喬老拐隔三岔五雇他撿糧渣。

這是項美差，樂越與鳳澤鎮的窮孩子都愛去做。一堆孩子坐在糧行舖子裡，每人抱一個笸籮，將笸籮裡糧食中的碎葉渣等雜物剔掉，就能掙幾個銅子兒，還能得一小布袋米或麥仁。

喬老拐老眼昏花，細小的雜物清不乾淨他看不清，有的孩子偷偷揣一、兩把糧食在兜裡，他也瞧不見。一群孩子從下午磨磨蹭蹭撿到黃昏，喬老拐就會說，差不多了，就到這裡吧，數給大家工錢，還管他們吃一頓飯。一般是熬得又黏又稠的雜糧粥，再加一個雜麵饃饃或一張餅。吃飽了到第二天晌午都不餓。

有一天，樂越照例到鎮子中去，發現糧行門楣上掛起了喪簾，喬老拐死了。樂越和一堆孩子站在糧行門口，心中說不出的酸楚懲悶，從今後再沒有那麼好賺的錢和白吃的飯了。幾個年紀比樂越小的孩子哭得上氣不接下氣。這時候路上有吆喝開道的聲音，鎮上的人蜂擁到街邊。一群騎著高頭大馬、穿著鮮亮的綢衣、佩戴長劍的人揚塵而過，樂越聽路邊的人議論說，那群人正中間的那個就是最近剛剛生擒某邪道門派教主的大俠周輕言，他有事要在鳳澤鎮住兩天，連清玄派的重華子都預備攜帶重禮親自去拜會他。

樂越急忙趕回師門告訴師父這個消息，順便說了說喬老拐過世的事。鶴機子聽罷，起身去房中更衣，讓樂越隨他一道下山。

樂越隨著師父一道到了山下，鶴機子沒有去拜會周大俠，反倒帶著他到了喬掌櫃的家中祭拜。

樂越十分不解。

鶴機子問：「樂越，你將來想做甚麼？」

樂越立刻飛快地回答：「稟師父，徒兒想要用心參悟道法，能夠……能夠悟得大道，弘揚道義。」

鶴機子道：「爲師讓你說實話。」

樂越縮縮脖子：「我將來想做個大俠，像周大俠那樣！」

鶴機子道：「在爲師看來，你若做那種大俠，倒不如做一個市集之中像喬掌櫃一樣的尋常人。喬掌櫃的俠義比之名震天下的所謂俠士更值得敬重。」

樂越自夢中醒來，翻身坐起，往日師父教導他做人道理的片段紛湧浮現。旁邊的洛凌之撐起身，低聲問：「越兄，難道今天魯休說的事還是擾亂了你的心緒？」

昭沅聽到動靜，揉著眼睛起身。

樂越道：「不是，我在嫌我自己蠢，師父是甚麼樣的人我最清楚，何必計較旁人的話？」

洛凌之道：「不錯，他人言語可擇而納之，自己心裡必要有主張。」

樂越道：「正是這個道理。」

昭沅挨著樂越坐著，跟著贊同地點頭。

樂越輕聲問：「洛兄，你怎麼醒著？難道是傷口疼？」

洛凌之道：「不是，一點皮肉傷，下午經商景前輩治療，已經差不多全好了。可能是因爲這間牢房內晝夜不分，察覺不到天時的變化，就睡不著了。」

樂越抖動衣襟搧風，四下看看，杜如淵與商景正在酣睡，唯獨不見琳箐。

昭沅道：「琳箐去找孫奔了。」

蜥蜴狀的應澤從薄毯下爬出，撲了撲翅膀。

樂越道：「應澤殿下醒了？」

應澤悶悶地哼了一聲。昭沅關切地問應澤：「要不要再多休息一下？」

應澤抬起眼皮，陰森森掃視四周：「你們看著本座的眼神為何都如此防備？」

昭沅抓抓頭：「沒有啊。」

應澤半耷下眼皮，幽幽地說：「爾等不必掩飾，本座知道，經過祭壇一事，你們都有些嫌棄本座。這種事情我早已習慣了。」

他轉過身體，面向牆壁趴著，搖曳的燭光下，黑色蜥蜴般的身體顯得格外寂寞。

昭沅心下很是不忍，爬起身想走過去，樂越拽拽他的衣襟，做了個噤聲的手勢，示意他不要說話。昭沅疑惑地坐回原地，屋中再次陷入沉寂。

應澤閉上眼，這種事情他的確早已習慣，早在許多許多許多年前。

「帝座不可重用應澤，恐生大禍！」

「應龍生性殘虐，與天道不合，他早晚必反，務須防之！」

……

甚麼仙者無爭、天庭無憂，都是假的。

照樣有防備與算計，不合群者，照樣會被排擠。

眾仙詩文唱和、聚飲行樂時，他便獨自在天河邊的石上磨劍，到寂寞的角落喝酒。直到……

直到那一日，禁錮在身上的枷鎖碎裂，他從鎮封萬年的寒潭底浮出，重見天日，岸上的那人向他笑道：「在下新烤好的魚被閣下打濕了，但還有酒，可願共飲乎？」

那是第一回有人毫無芥蒂地主動相邀，雖然是個凡人。

「澤兄，天上有天上的妙處，可人間也有人間的勝景，你看這山嶽湖海、原野大川，縱橫徜徉其間，逍遙不輸於神仙。」

「澤兄，雲有聚散，月有圓缺，何必在意浮雲往事，今朝快活便好。」

……

「些許閒言，零碎雜事，將軍何須掛懷，只當他是腳下浮雲罷了。」

「澤兄。」

「澤兄。」

……

「將軍。」

……

有某個模糊的身影與那個記憶中深刻的影子重疊起來。

應澤用爪子扣住頭。

誰？是誰？這人到底是誰？

牢房的四壁與地面開始轟隆隆地顫抖。

商景從懷中抽出《太清經》，樂越在書頁翻開的刹那飛快地問：「應澤殿下，你還記得少青劍麼？」

應澤內心一片恍惚，刺目的劍影從眼前掠過。

少青劍？少青劍是甚麼？

少青……這個名字有點熟悉……卿遙師門所在的山名叫少青……

《太清經》中並沒有飛出金色的字符，房屋的顫抖卻漸漸停息。

應澤黑色蜥蜴狀的身體漸漸幻化成人形，忽大忽小，最終還是變成平常的孩童模樣，抓著頭髮用力甩了甩頭：「本座……只有雲蹤劍，並未聽過甚麼少青劍。」

□

三更，天陰無風，琳箐穿過牆壁，飄進客棧二樓房內，一個黑影在窗邊撲搧翅膀吱吱叫了兩聲。跟著，孫奔從床上躍起，笑道：「琳公主真守時。」

琳箐哼道：「你很大膽啊，不怕被鳳凰盯梢？」

孫奔摸黑拉著凳子坐下：「孫某相信，即使琳公主受傷，也一定不會讓鳳凰有機會盯梢。」

琳箐在孫奔對面落坐：「算你會說話。說吧，你讓洛凌之帶話約我今晚見面，要商量甚麼事？」

孫奔坐正身體：「琳公主，眼下局勢妳也看到了，如今樂少俠、杜世子還有洛凌之都在牢中，妳再瞧不起孫某，也只能和我合作。我今晚只想問妳一句，假如我能弄到兵馬，妳會不會助我？」

琳箐噗哧笑出聲：「你從哪裡弄兵馬？太子再愚蠢也不會現在讓你掌兵吧。」

孫奔的口氣依然很正經地問：「如果我能弄到呢？」

琳箐心中惦記著牢裡的樂越，不想和孫奔多做糾纏：「我不知道你在打甚麼主意，不過，如果你眞的能弄到兵馬，我當然會幫你。」

孫奔很滿意地笑了：「那我先謝過麒麟公主，孫某一定不會讓妳失望。」

琳箐回到牢房，將孫奔的話複述一遍。

樂越皺眉聽完：「難道，孫兄是想用南郡的兵馬？」

定南王已被囚禁數日，但大約是安順王對其有幾分忌憚，定南王始終未被定罪，封銜和兵權也沒有被剝奪。

琳箐道：「沒錯，他讓我回來問杜書呆或杜書呆的爹，就近可調用多少兵馬、如何才能調動。」

昭沅插話：「安順王應該非常擔心南郡的兵馬，如果我是他，肯定會派人緊緊盯著。」

杜如淵頷首：「現在朝廷大部分兵馬都在太子和安順王手中。並非吾愛惜南郡的兵卒，實在是風險太大，可能尙未調動，就會被安順王的大軍剿殺。」

樂越、洛凌之、商景紛紛贊同杜如淵的分析，認爲動用南郡兵馬未必能成功。

洛淩之道：「孫兄與我商議時，亦曾想到過這些顧慮，孫兄有幾句話，說得也有道理。即使只有半分可能，也比束手在牢中好。琳公主和商景前輩救得出我們幾個凡人，卻無法改變眼下的局面。橫豎已經是反賊了，還不如徹底反了。」

樂越皺眉道：「話是這樣說，可萬一不成功，豈不是會白白犧牲許多人命？」

「是。」洛淩之點頭。「不嘗試的話，沒有一絲希望；嘗試的話，肯定會犧牲人命。孰對孰錯，端看各人心中孰輕孰重。唉……」他嘆了口氣。「我本以爲，孫兄說有兵馬，是除南郡之外，另有可借力之處。」

杜如淵忽然一彈指：「不錯，可借力之處！多謝洛兄，讓吾想到一處援兵。」

眾人都期待地等著下文，杜如淵又皺眉：「只是，不知道帶領這路援兵的人會不會在我們需要的時候出兵，用計謀刺激一下才能萬無一失。」他思索片刻，方道。「只有再請琳公主辛苦一趟，去一個地方見一個人。此計方能成事。」

琳箐疑惑：「去哪裡？找誰？」

杜如淵微笑道：「去皇宮，找澹台丞相的千金，未來的太子妃，澹台容月。」

第二日初更時分，昭沅踏雲來到皇宮的上空。宮殿之上，鳳凰五彩斑斕的氣息絢爛繚繞。

昭沅深吸一口氣，向著鳳乾宮的方向俯衝而去。

頓時，幾道鳳影從凰慈宮及旁側的宮殿中飛掠而起，翅搧疾風，口吐電光。昭沅向鳳凰丟了幾個光球，在宮殿上空盤旋閃避，幾隻鳳凰合成一處，氣勢洶洶向他撲來。

昭沅回身便走，引著鳳凰盡量遠離太后的宮殿凰慈宮，一個黃色球體從他腳下的雲層中彈射而出，直直地撞向他。

昭沅側身躲避，那東西跟著他轉了個彎，重重撞在他胸前。昭沅尚未分辨出這是個甚麼東西，黃球已躍上他肩頭喳喳叫了兩聲，把頭蹭在他臉上。

昭沅吃了一驚，險些被鳳凰的一道電光擊中。

黃球居然是雛鳥阿黃，許久不見，肥壯了很多，仍然是毛茸茸的雛鳥模樣，興奮地撲打小翅膀，扭動身體又跳又叫。

昭沅狼狽地躲避鳳凰的攻擊，身後傳來凰鈴、凰珠氣急敗壞的聲音：「卑鄙的龍！快放了他！」「欺侮弱小！不要臉！」

昭沅被罵得很無奈，一邊來回閃逃，一邊低聲和雛鳥商量：「你回去吧。」

雛鳥啾啾在他臉上啄兩下，堅決不走。昭沅更加無奈了：「你為甚麼總找上我？」

雛鳥用水汪汪的雙眼看著他，鑽進他的衣襟裡。

前方，幾隻喜鵲化成的小童手拿拂塵一字排開：「孽龍！你好大的膽子，竟然敢闖到皇宮鳳凰祭壇禁地劫持君上！快快束手就擒！」

一道電光劃破了昭沅的衣衫，昭沅愣在雲上。

劫持……君上？

他抓出那隻嬌嗲地依偎在他懷中的黃色絨球，舌頭有些打結。

難道……

「你、你、你是鳳君？」

鳳凰都已追著昭沅遠去，琳箐無聲無息落進凰慈宮中。

偏殿中燈火明亮，澹台容月端坐在帷幕後的椅上，一針針繡著一條巾帕，只是，帕上的針腳極不勻稱，抽線時，線上打了結。

澹台容月輕嘆了口氣，拿起身旁桌上的銀挑和小剪，正要挑去雜線重做，燈罩裡的蠟火忽然左搖右擺起來。

屋中，明明無風。

澹台容月疑惑地抬頭，卻見殿中的宮女都軟綿綿地癱倒在地，桌前多出一個穿著明艷紅色衫裙的少女，一雙漂亮的眼睛望著她，渾身散發出一股難以言喻的尊貴氣魄：「澹台小姐，還記得我麼？我們曾在西郡見過面。」

澹台容月站起身，她當然認識這個曾經救過自己的少女，也記得，這個少女一直跟在樂越身邊。她知道，樂越身邊的人都很不尋常，所以對琳箐能夠悄無聲息地弄暈宮女、侍衛們進入皇宮，一點都不覺得意外。

她急切地問：「琳姑娘，樂越……他還好吧？」

琳箐簡潔地道：「樂越還被關在安順王府中。要救他，需要妳幫忙，所以我今晚才來找妳。」

澹台容月不由自主抓緊了桌布：「我？我可以幫到樂越？姑娘請講，需要我做甚麼？」

琳箐道：「這件事有些難，答應之前，請澹台小姐三思。」

澹台容月平定下情緒，肯定地道：「我會竭力做好。」

咻——砰！

阿黃鼓起肚皮，渾身冒出又一輪光圈。光圈擴散開，籠罩住昭沅身周。凰女甩來的絲絛和喜鵲小童們射出的羽箭統統被彈開。

凰女們又開始大罵昭沅無恥，小喜鵲們叫囂著讓昭沅放開君上。

昭沅苦笑，問圍著自己、亢奮地飛來繞去的阿黃：「你到底是不是鳳君？爲甚麼你要幫我？」

阿黃用亮晶晶的雙眼熱烈地望著昭沅，喳喳地叫。

遠處天邊掠來一抹絳紅，身後的凰鈴驚喜地呼喊道：「桐哥哥！」昭沅的頭隱隱作痛，更大的麻煩來了。

鳳桐在昭沅數丈開外的地方停住，喜鵲小童們飛撲到他面前：「主人，那隻孽龍抓住了君上！」「主人快快降住他！」

阿黃繞著昭沅飛翔盤旋，鳳桐向他伸出手：「回來吧。」

阿黃好像沒聽見一樣，反倒飛到昭沅的肩頭落下，閉上眼，縮起脖子。

鳳桐緩聲道：「倘若君上知道此事，定然會責罰，回來吧。」

阿黃哼唧一聲，頭搖了兩下，繼續縮著脖子蹲著不動。

鳳桐將視線轉到昭沅臉上：「如今大局已定，你們再怎麼打皇宮的主意也不可能挽回敗局。念在家兄違反規矩傷了樂少年的事情上，我不想出手傷你。但望你等明白自己的斤兩，不要再做徒勞之事。」

凰鈴在昭沅身後氣急敗壞地跺腳：「鳳桐哥哥何必和他廢話，將他拿下趕緊把阿黃揪回來！」

昭沅一言不發地站在雲上，阿黃依偎著他頸側，柔風吹動阿黃的絨毛，搔得昭沅脖頸微微發癢。

鳳桐神色難以琢磨地注視著昭沅和阿黃，語氣無奈地開口：「好吧，既然他執意如此，今晚我們暫且不起衝突。」向旁側讓開一步。「你且離開吧。」

凰鈴、凰珠急切地道：「桐哥哥，不能放他離開！」「阿黃怎麼辦？」

鳳桐抬手制止道：「無妨。」

兩名凰女悻悻地閉上嘴。

阿黃撲撲翅膀飛起來，拉住昭沅的頭髮向前拽了拽，示意他快走。

昭沅一頭霧水：「他、他到底是誰？難道眞的是鳳君？」

鳳桐挑起一邊嘴角：「我們君座與令尊同輩，你覺得他會是如此模樣麼？他若是君座，我等也不敢無禮地喊他阿黃吧。」

昭沅側目看了看阿黃，那爲甚麼喜鵲小童們會喊他君上？

昭沅估量了一下時辰，覺得琳箐應該已經和澹台容月商談完畢。此地不宜久留，他無暇多糾纏，便飛快地駕雲離開。

凰鈴和凰珠恨恨地看著昭沅遠去的背影和那個依然緊緊黏在他肩頭的黃色絨球，凰鈴磨著牙道：「這個死阿黃，從西郡開始就黏著那條龍，還被麒麟恥笑我們倒貼，眞是氣死我了！」

鳳桐瞥了她一眼：「凰鈴，妳說這話有些逾越了。」

凰鈴的臉色變了變，咬了咬嘴唇：「甚麼逾越？才不會有這種事。」

鳳桐遙望向昭沅離開的方向：「或者這也是君上所謂的天命安排。」

昭沅趕回安順王府上空，阿黃停頓在雲上盤旋，不再和他前行。

昭沅微微一愣，問：「你不和我一道下去？」記得過去阿黃纏上他後，那是打都打不走的。

阿黃哼唧一聲，腦袋在昭沅臉上蹭蹭，折身向後飛了飛，似是示意他要回去了。

原來阿黃眞是特意送他回來的。昭沅雖仍有些不解，還是摸摸阿黃身體，懇切地說：「多謝。」

阿黃又在他手指上蹭蹭。

昭沅催促道：「你快些回去吧。」他折身正要降落回安順王府內，身後突有聲音喚道：「昭沅。」

昭沅詫異回頭，方才阿黃所在的位置站著一名黃衫少年，看起來不過凡人的十三、四歲年紀，身穿繁複的金色長袍，華美的面容稚氣未脫，笑吟吟地望著昭沅。

「我叫九頌，不過，你若繼續喊我阿黃也可以。」

昭沅一時怔住：「你……你究竟是……」

九頌寬大的袍袖上流雲暗紋浮動，好似下一瞬便會從衣衫上落入空中：「我就是九頌。我可以經常找你玩麼？」

他清亮的眼眸期待地看著昭沅，昭沅情不自禁地點頭。

九頌拉住他的衣袖：「以後的日子很長，我們會慢慢熟悉的。」他慢慢湊近昭沅的眼前，突然極其飛快地在他臉上吧嗒親了一下，昭沅重重吃了一驚，尚未來得及做出反應，九頌已又變成那隻毛茸茸的雛鳥，拿腦袋在方才親過的地方蹭了兩蹭，啾啾在昭沅臉頰上啄幾下，接著好像一枚黃色的彈丸般射向遠處的天空。

昭沅愣了半晌，方才回到牢房中。

他進了屋子，發現琳箐已經回來了。樂越、琳箐、杜如淵、洛凌之和商景坐在地上，一起用很奇怪的表情看著他，連本應寂寞地感懷際遇的應澤都一邊往嘴裡塞點心，一邊嚴肅地望著他。

昭沅有些莫名，抓抓頭，最近他頭頂龍角處時常發癢，總想抓：「我回來了。」

應澤嚥下一口糕，幽幽地道：「小麒麟說，方才你在王府上空和一個鳳凰族的標緻少年形容親密。」

琳箐的兩眼閃閃發光：「原來那隻阿黃真的是小鳳凰，你甚麼時候和他那麼熟了？沒想到他人形的樣子很不錯喔。」

昭沅的臉驀地有點熱，再抓抓頭：「其、其實，也沒……沒怎麼熱……」

樂越、琳箐、杜如淵、洛凌之、商景和應澤繼續目光灼灼地盯著他，昭沅急忙岔開話題：「琳箐妳把話都帶到了吧。」

琳箐道：「那當然了，我擔心你被鳳凰圍攻會受傷，和澹台容月說完就趕緊過去找你。結果剛好看見……」

昭沅便將與鳳桐和兩位凰女的一番糾葛說出，最後疑惑地道：「……那些喜鵲小童喊阿黃是君上，我還以爲他是鳳君，後來鳳桐告訴我，阿黃不是鳳君。」

商景慢條斯理地道：「老夫雖未見過鳳君，但知鳳君年紀與令尊辰尙相當，不可能這麼年幼。」

琳箐反駁：「那有甚麼不可能，老龍都可以這麼幼齒！鳳桐不否認還好，他一否認，我就覺得那隻雛鳥的來歷定然不簡單。」

他們左右討論，最終也未有結果。

夜，很快就過去了，次日清晨，澹台容月前去向太后請安。

自從宗廟一場變故之後，崇德帝和韶的病情便越發沉重，每天難得清醒一、兩個時辰。百官經歷過宗廟事件，都畏懼於未可知的神力，即便覺得安順王父子勾結國師以妖術禍國，也不敢出聲，一味唯唯諾諾行事。

太子聽政許久，奏摺、奏章現在幾乎到不了和韶面前。已有官員聯名上表，請和韶禪位予太子。

整個後宮中死氣沉沉。

太后好像數日之間老了十幾歲，澹台容月進得凰慈宮的正殿，只見太后神色疲倦地斜坐在涼榻上，皇后坐在她身邊啜泣。

見禮完畢，澹台容月向太后道：「臣女入宮已有些時日，時常思念家人，不知能否請太后娘娘和皇后娘娘恩准我與家人一見？」

太后沉吟片刻，道：「哀家著妳進宮，本是看好了妳和太子，可惜突然出了這件大事，皇上病重，太子忙於政務，哀家也有心無力。妳思念家人，哀家使著人讓妳母親進宮，與妳相見便是。」

澹台容月立刻拜謝，而後道：「可惜臣女愚拙，不能爲太后解憂。臣女不懂朝政，只常聽家父說，太子英明睿智，定將使應朝大盛。請太后娘娘放寬心。」

皇后本擦乾了眼淚端坐在旁側，此刻神色立刻變了，隨即勉強扯動嘴角：「澹台容月不愧丞相之女，甚有見識。」

澹台容月含笑道：「多謝皇后娘娘誇獎，臣女愧不敢當。臣女之前還常聽家父說，皇上寬厚仁慈，常有小人不感念皇恩，反盤踞一方，暗取私利，待太子登基之後，定能拔除陳弊，滌清朝政。」

四周的宮女皆屏息垂首，不敢發出一絲聲響。

皇后沉默了片刻，笑出聲：「澹台小姐看來心儀太子久矣，兼之秉性聰慧，句句話都在理兒。」

澹台容月垂下頭：「臣女逾越，一時說了許多，望太后與皇后娘娘莫要怪罪。」行禮告退。

待她退出正殿，皇后方才冷笑道：「真是好一個澹台丞相養出來的好女兒！」

太后擺擺手：「罷了，皇后妳怎麼能和一個十幾歲的小孩子計較。」隨即喚左右隨侍的宦官。「你且去前邊看看，澹台丞相今日有無上朝，他若來了，便告訴他，他的女兒容月思念雙親，讓他到凰慈宮來，父女見一見，說說話吧。」

小宦官應聲前去，候到澹台修下朝，向他傳了太后口諭。

澹台修有些意外，澹台容月思親，按照禮制本應由其母入宮相見，為何現在太后卻急傳他這個爹去？澹台修思量了種種可能，隨小宦官一道進了凰慈宮，先到正殿中叩見太后。

太后待他叩拜完畢，微笑道：「澹台卿，你眞養了個好女兒啊。」

澹台修一時不明所以，惶恐請罪：「小女自幼疏於教導，不知禮體，若有逾越犯上之處，太后當重罰。」

太后道：「澹台卿言重了，你女兒聰慧過人，今日在哀家與皇后面前，對國事略作議論，令哀家與皇后刮目相看。這都是你平素教導有方。哀家當時想把她許配給太子，沒看錯人啊。」

澹台修誠惶誠恐，請了半天罪才前往偏殿與澹台容月相見，一見容月，立刻出言責備：「今日妳在太后和皇后娘娘面前到底胡說了些甚麼!?後宮尚且不得干預朝政，妳竟敢妄議國事！可知這是多大的罪過?」

澹台容月道：「稟父親，女兒未曾亂說甚麼，只是在勸慰太后與皇后娘娘時，順口說了說父親平日裡對太子的讚譽，請太后和皇后娘娘放寬心。連定南王那種禍亂太子都能平定，將來定可仁服四海，拔除陳弊，滌清朝政，使我應朝大盛。」

澹台修皺眉聽完，沉默片刻，大喝一聲：「住口！太后仁慈赦妳無罪，妳竟還敢說此大逆不道之言！我這便去向太后請旨，將妳依律重罰！我澹台修只當從沒有過妳這女兒！」說罷，甩袖而去。

澹台容月一動不動沉默地坐在紗簾後。

宮女、宦官們悄悄聚在廊下小聲議論：「這位澹台小姐是不是缺心眼？平時木木呆呆好像木頭一樣，卻在這個時候以為自己必能嫁給太子就狂起來，還在太后娘娘和皇后娘娘面前耍狂。也不想想，就算太子登基，她若想順利嫁給太子，也要過得了太后和皇后娘娘這一關才行。」

「嘁！以為馬上就要做皇后了，自然狂得不住了。我早說過，這個澹台小姐表面看起來好像個棉花團一樣的大家閨秀，心裡可厲害著呢。」

「太子不喜歡她呀，現在她又得罪了太后和皇后娘娘，她這叫厲害？我看是傻吧。」

……

澹台丞相在太后面前請罪，太后自然沒有責罰，澹台修叩了半天的頭之後，走了。

結果，到了第二日，卻發生了一件令人意外的事。

一向處事中庸、從不做出頭鳥的澹台丞相，居然上奏章懇請皇上禪位，太子早日登基。奏章中詳細陳述數項太子登基於國於民的有益之處。並曰，幾次大亂，皆因異姓郡王坐擁重兵，盤踞一方而起，當趁定南王陰謀敗露之際徹底整治，削藩郡，收取郡王手中的兵權。

此事一出，立刻像長了翅膀一樣，飛過萬水千山，飛到了北郡王周厲的耳朵中。

周厲勃然大怒，暴跳如雷，問候了澹台家的男男女女祖宗三十六代。

「澹台修個酸文，頂著個丞相頭銜一向假作清高，竟比誰都忙不迭地抱慕延那老小子的大腿！竟敢提議削老子的兵權拍慕延馬屁！」

一旁的謀士道：「王爺，此為必然也。難道王爺不知道，澹台修的女兒早已被內定為太子妃？如今皇上不中用了，他這個老丈人當然要賣力地為太子開道。」

周厲一拍桌子：「怪不得！敢情他們這是一家子來吞老子！眼下杜獻在牢裡頭了，白震死了，普天之下他看了礙眼的還剩誰？不就是我北郡！」

另一名謀士道：「王爺息怒。如今安順王一黨的狼子野心已昭然若揭，論名頭威望、論兵馬錢糧，王爺都無須懼怕安順王。與其等他們來打，倒不如我們預搶先機。」

周厲一拳砸在桌面上：「好！老子早就想會會慕延這個浪得虛名的匹夫！只是他們眼下佔著朝廷，老子始終擔心他用對付杜獻的那一手來對付我北郡，給本王個謀反的帽子戴，方才忍到現在還沒動手。」

謀士懇切道：「王爺啊，慕延陰毒詭詐，慣用下三濫的伎倆。連從不信鬼神的定南王都能被他安個『以妖術禍亂社稷』的罪名，他還有甚麼做不出？」遂自薦道。「在下有一策，能讓王爺師出有名。眼下定南王之亂剛剛平息。王爺便以上京助皇上清剿殘餘妖黨為名，點三萬兵向京城去。料想安順王肯定不會讓王爺進京，我們這裡一動，他便動了，到時王爺再與安順王一決雌雄。」

周厲再一拳擂在桌上：「就依此計！」

幾日之後，北郡王周厲親自率領三萬兵馬，浩浩蕩蕩向應京而來。太子與安順王聞之此事，自然大怒，調兵迎戰。樂越等在牢房中歡欣鼓舞，讚歎杜如淵的借兵滅敵之計用得巧妙。

杜如淵笑咪咪地道：「還好還好，尋常小計而已。此計能成，第一當謝琳公主與昭沅，第二當謝澹台小姐。這位澹台小姐眞是聰慧過人。」

昭沅道：「我這兩天和琳箐一起出去轉，聽見街上到處在議論澹台小姐父女妄想攀高枝，連太后和皇后都敢輕慢。」

澹台容月被罵得很難聽。

琳箐瞄了樂越一眼：「她爲了樂越，眞是犧牲很多——她現在還留在宮裡，得罪了太后和皇后，日子肯定不好過吧。」

樂越沉吟不已，心中對澹台容月添了幾分牽掛。可惜牢房中無窗，看不見天空，不知道今晚的明月圓缺如何，是否明亮。

樂越在牢房中這些天，每日好吃好喝，太子、安順王還有鳳凰一族，既沒有來審，也沒有用刑折磨。樂越不免有些奇怪，暗想，難道他們打算把我們養胖了煮肉吃？

他胸前的傷已差不多好了，連洛凌之的傷都漸漸痊癒，樂越在牢房中寂寞，不禁思量，到底我要不要越獄呢？

琳箐、商景和昭沅的傷勢也好得差不多了，琳箐和昭沅每天出去打探情況，鳳梧據說傷勢極重，只能依靠其他鳳凰爲他輸送法力續命。安順王在籌劃與平北王交戰之事。太子春風得意，據琳箐從孫奔那裡得到的消息，太子正祕密謀劃著某件與清玄派有關之事。

這一日，太子慕禎終於再度出現在牢中：「樂越，爾等在牢中幾日，可想到了甚麼翻身之術？」

樂越道：「我們都被太子抓起來了，哪還有甚麼翻身之術？」

慕禎瞇眼打量他：「不錯不錯，中氣很足，口齒伶俐，看來你的傷已大好了。本宮正是要你養好傷勢，留有大用。本宮多麼希望，你眞的是和氏的後人。」

樂越道：「太子殿下何意？」

慕禎哂笑數聲，揚長離去。

洛凌之皺眉道：「聽太子的口氣，他的確是在謀劃甚麼。希望他不要走上邪路，做出甚麼後果難料的事。」

這幾日，樂越已將夢中所知之事說了出來，只是爲了防止太刺激應澤，故而把卿遙之事隱而不提，只說了靈固村的種種。

眾人比較太子今日的態度，都覺得此事越來越有隱情可挖。

樂越道：「如今之計，只能以不變應萬變，我只在牢中不動，太子早晚會自己說出謀劃之事。」他頓了頓。「看來不用等太久了。」

慕禎出了石牢，換了一套便裝，帶著兩、三個隨從，匆匆出門。

過了兩條街，一名隨從悄聲稟報慕禎道：「殿下，有個可疑的人一直在尾隨。」

慕禎不耐煩道：「或殺或抓便是，這也要稟報？」

隨從吞吞吐吐地說，這個女人十分奇怪，從數日之前就常出現在王府和皇宮附近，時常尾隨太子。她武功甚高，數次擒拿都被她逃了，奇怪的是，她從未出手襲擊，也不像探子，只是尾隨張望而已。

慕禎大怒：「難道你想說這個女人迷戀上了本宮，才窺探尾隨？」

隨從趕緊道：「小人不敢。這個女人雖然很美，但作婦人裝扮，小人斷不敢如此猜想。」

慕禎一口氣噎在胸中。待車駕轉過街角，他立刻取劍下車隱到牆角，果然見樹後轉出一襲綠色的衣衫，面上罩著輕紗，看不清容貌。

隨從激動地低聲道：「殿下，就是她！」

慕禎從牆角閃身而出，拔劍出鞘，閃電般斬向那女子。女子乍見慕禎，竟呆愣愣地怔住不動，等到劍刃逼近，才側身避過劍鋒，身形凝滯，慕禎的長劍順勢一抖，橫在她頸側。

左右隨從手執利刃擁上，太子用左手中的劍鞘挑開女子臉上輕紗，露出一張美豔絕倫的面容。只是，這女子雖姿容絕豔，卻顯然已過韶齡，年歲應在三旬以上。一雙嫵媚清澈的眼眸定定地望著慕禎，眼眶微紅。

慕禎一瞬間有些恍惚，這副容顏，他似曾相識，莫名湧起一股奇異的熟悉之感。他不由得問：

「妳是誰？」

下午，慕禎回到安順王府，剛下馬便劈手扯過一個小廝：「王爺在何處？」

小廝瞟了一眼他鐵青的臉色，戰戰兢兢道：「稟殿下，王爺在書房。」

慕禎徑直大步向書房去，推開房門。

安順王慕延放下手中書冊，從書案後起身：「殿下，這幾日正當要緊關頭，朝務紛亂，應坐鎮東宮，不該在宮外久留。」

慕禎神色冷峻地站著：「父王，我想問你一件多年以來一直想問的事——我的母親是誰？」

慕延的神情瞬間變了變，而後躬身道：「太子殿下，你的父皇正纏綿病榻，你的母后終日以淚洗面，殿下應早些回宮，以盡孝道。」

慕禎皺眉：「父王，如今房中只有你我，不必再拿捏作戲。我只想問一句，我叫了十幾年母妃的長公主，安順王妃其實不是我的親生母親，是也不是？」

慕延站直身體：「不管太子殿下從哪裡聽來了謠言，都不應該往心裡去。太子是和氏皇族的血脈，太子的父皇與母后是當今的皇上與皇后。將來太子會繼承大統，讓和氏江山延續萬世。」

太子放聲大笑起來：「爹，你說這話難道不心虛？我根本跟和氏皇族半分關係都沒有！我的母親是個江湖女子，我其實是你的私生子，對否？」

安順王厲聲喝道：「請太子勿亂言！」

慕禎搖頭：「父王，你眞是一生唯謹愼。今日今時，還有誰治得了我們安順王府的罪？父王娶一個你根本不喜歡的女人，又讓自己的兒子認別人爲父，難道眞的是爲了讓和氏的江山千秋萬代？」

慕延沉聲道：「太子，你此時的話已近乎胡言亂語，請快些回東宮去。」

太子又呵呵地笑起來：「父王爲了江山社稷眞是殫精竭慮，父王的房中一直藏有一個女人的畫像，我小時候曾經見過。她才是我的生母吧。」

慕延面色陰寒：「你是不是見到了甚麼人？太子，那個民婦與你絕無任何關係。太子殿下是和氏皇族的血脈，將來也會繼承應朝江山大統，萬不可因些許小事誤了大局！」

慕禎擰眉看了慕延半晌，道：「爹，如果你連心愛的女人都不敢認，要這個天下又有甚麼用？兒以爲，得到江山，就應該隨心所欲！」語畢，拂袖離開。

慕延面無表情地注視著重重闔上的門扇，少頃拿起紙筆，畫出一張人像，喚過一個侍從：「去查查這個女人住在京城的哪家客棧。」

傍晚，慕禎回到東宮，批了一陣奏章，用罷晚膳，沐浴就寢。

三更時，太子的身體突然無聲無息地從床上凹陷下去，而後，又升起。

此事只發生在眨眼之間，帳外侍候的宦官、宮娥和以往一樣，絲毫沒有察覺。

慕禎走下蜿蜒的台階，穿過甬道，到了盡頭的石室。

石室中央，九個清玄派的弟子盤腿環坐住一個巨大的八卦圖案周圍。八卦中央的陰陽眼處升騰著翻湧的紫氣，托起一口銅鼎。

鼎中沸騰翻滾的黑水中浸泡著一物，赫然是那個從青山派搶來的「寶鐔」。八卦陣旁端坐著手執拂塵的重華子。

慕禎走上前去：「師父。」

重華子起身施禮：「太子殿下。」

慕禎滿意地注視著沸騰的銅鼎：「鼎中的水已黑，快到那個時候了吧。」

重華子躬身道：「稟殿下，就是這幾日了。」

太子負手皺眉：「本宮一直在擔心，樂越究竟是否是和氏子孫。」

重華子道：「殿下請放心。我很瞭解鶴機子，他這種態度便可確定，樂越定是和氏子孫無疑。樂越在少青山頂發狂一事更足以證明，他的血中有那樣東西。」

太子頷首道：「那就好，不到萬不得已，我不想動皇帝。畢竟，要他平平安安把皇位讓給本宮才好。」

待太子離開後，重華子走到牆邊，雙手在石壁上按下，石壁旋開一扇門，露出一間隱蔽的密室。有四個人盤膝坐在屋中，手足皆被鐐銬鎖住，竟赫然是鶴機子、松歲子、隱雲子和竹青子四人。

重華子撚鬚勸告道：「鶴掌門，貴徒樂越現在已是階下囚，即將要拿來祭鐔了，你何必再苦苦守著那個祕密？假如你現在告訴我，清玄派掌門世世代代守護的東西究竟是甚麼，或者我可以和太子商量，留你徒兒一條小命。」

鶴機子道：「貧道並不知道重華子掌門所指何物。」

松歲子道：「重華子，貧道勸你懸崖勒馬，不要自以爲聰明，到頭來反倒害了你自己。」

重華子呵呵笑道：「看看，鶴掌門，令師弟到底是比你實在，貧道總算是清玄派一脈，對當年師祖未曾得知的東西，心中自然是好奇的。也罷，過不了多久，說不定你們就會求著告訴我。」

鶴機子道：「重華子掌門，即便有這樣東西，你得到它只會招來禍患，不可能因此增法力，成大道。你祭煉的這所謂神器，想要弒神得道，更是會萬劫不復。」

重華子不以爲然地順了順鬍鬚：「連神都可以不守規矩，反而得到天命認同，人爲何不可？」

竹青子嘆道：「荒唐，荒唐啊！」

重華子毫不以爲意，闔門離去。

□

平北王周厲親自率領三萬大軍，打著剿妖黨、清君側的旗號浩浩蕩蕩往應京殺來，行至三河口處，被一名宦官迎頭攔住，宦官捧出一道聖旨，曰聖上言，京城妖孽亂黨俱已清除，平北王前來護駕忠勇有加，賞玉帶一條、金花十朵，即刻返回北郡。

周厲倨而不拜，從宦官手中劈手奪過聖旨，質問道：「聖旨上爲何不是聖上的筆跡？京城妖孽亂黨依然猖獗，天下皆知，宗廟都被毀了，罪魁尚未正法，何來俱已清除之說！分明是亂黨假傳聖旨，誑本王回師，本王豈會上爾等的當！」

那宦官駁斥道：「聖旨常由中書令代筆，並非每道皆由聖上親書，王爺既然認得聖上筆跡，爲何認不出玉璽？」

周厲立刻喝令左右把傳旨宦官就地砍了。護送傳旨宦官前來的一隊安順王帳下親兵也一併砍了。

兩日後，平北王軍與安順王的先鋒軍在陶城開戰。

京城中，安順王收到戰報，與太子和鳳桐商議。

太子道：「平北王眞是愚蠢，他斬了傳旨的宦官，正好坐實了謀逆的罪名。周厲這個傻瓜，無論如何不是父親的對手。」

安順王立刻道：「太子殿下，你口誤了。」

慕禎愣了一愣，方才笑道：「是了，一時之間，稱呼仍然改不過來。」說著看向鳳桐。

鳳桐道：「無妨，只要太子別在朝廷上及眾官面前口誤便可。」又道。「周厲不足爲患，但要提防有些人混水摸魚。」

慕禎接道：「此是自然，尤其兩處牢房，要請安順王爺和桐先生費心嚴加看管。」

周厲的兵馬與安順王的先鋒軍在陶城激戰數日，成膠著之勢，安順王下令讓先鋒軍後撤數百里，將陶城讓給了周厲；周厲佔下陶城後，一鼓作氣乘勝前行，安順王軍只退不守，眨眼間，平北王軍又佔了幾座城池。

周厲大喜，花重金請來一群知名文士，命其等炮製了一篇清逆黨、保皇上的檄文，廣發天下。大軍扛著保皇大旗奮勇向前。

和詔在內宮，半昏半醒之時，也聽到了戰報。服侍他的王公公擦著眼淚悄聲道：「沒想到周厲竟然是個忠臣。」

和詔咳嗽數聲，虛弱地道：「甚麼忠臣，只是不願居於慕氏父子之下，想取而代之罷了。可惜，他必不敵慕延。」

坐在床頭的皇后哽咽道：「不管甚麼居心，能除掉此慕氏的羽翼也好。」

和詔掙扎著擺手：「慎言，慎言，朕已活不了幾日，妳的日子還久，為將來打算，不可亂說胡話。」

皇后止不住抽噎起來：「皇上……好好一個朝廷，怎會變成這樣？」

和詔苦笑道：「用國師的話來說，這……這就是天命吧。」

凰慈宮的靜室中，楚齡郡主也在與太后議論局勢。

「周厲與我父王多年相交，一起封王，後來西郡和北郡不睦，臣女上戰場時，與北郡交手過幾次，周厲之才不過爾爾，其麾下又無勇猛之將，必然敵不過安順王大軍。若皇上有其他兵馬可用，此時正是絕佳的機會。」

太后苦澀道：「現在滿朝臣子都投向太子一方，哪裡還有能保護皇上的兵馬？即便周厲與安順王兩敗俱傷，皇上也無反手得利的能力了。」

楚齡郡主紅了眼眶：「可惜，西郡已被安順王所佔，否則臣女就算拚得一死，也會率西郡所有兵卒保護皇上、太后和皇后娘娘。」

太后的淚溢出眼眶：「昔日滿朝口口聲聲自稱忠義的臣子，竟都不如一個柔弱女子……可嘆可嘆……」

楚齡郡主道：「即便是女子，也可為朝為君盡些許之力。不瞞太后說，先父在地方上還有些舊部，隱匿未動，太后若有甚麼吩咐，請儘管差遣若珊。」

太后拉住她的手，流淚不止，打開妝台上的一道密匣，取出一頁紙：「朝廷中仍忠於皇上的舊臣，都在這裡了。可哀家一旦與他們接觸，必定會被安順王一黨察覺。西郡若在京中有可用之人，能否代哀家向他們傳句話？」

楚齡郡主接過名單，重重點了點頭。

楚齡郡主回到住處，不久，太子駕到。楚齡郡主起身相迎：「太子殿下近日政務繁忙，竟還前來看望若珊，若珊感激涕零。」

慕禎道：「正是因雜事太多，有些煩了，才來瞧瞧妳。」

楚齡郡主羞澀低頭。

慕禎抬手觸碰她鬢邊的髮：「本宮聽聞，妳在西郡時，像男兒一樣去戰場打過仗，可知道北郡軍隊的深淺？」

楚齡郡主低聲道：「豈敢在太子面前獻醜，周厲絕對敵不過殿下的大軍。到時天下歸治，所有兵權都回到皇上的手裡，臣女先在此恭喜殿下了。」

慕禎道：「每次妳說的話，都恰好能開解本宮，妳對本宮來說，真是一杯忘憂酒、一朵解語花。」

楚齡郡主的臉上飛起紅暈：「若珊有一件東西，想要獻給太子。」自袖中取出一方摺疊的舊紙。

慕禎接過打開：「這是一張名單。」他表面不動聲色，內心卻有些觸動，這張名單上所寫的，均是效忠安順王府和國師府的心腹官吏。

楚齡郡主嫣然道：「正是，這張名單是若珊從太后手中取來的。昔日西郡王府的蘭花暗衛忠勇驍悍，自遭逢大劫之後，父王、母妃皆過世，普天之下，能調動蘭花暗衛的只有臣女了。太后召我前去，道太子圖謀篡位，命我動用蘭花暗衛，聯繫名單上的人。」

太子皺眉：「但妳在深宮之中，如何調動蘭花暗衛？」

楚齡郡主盈盈道：「太后准我明日上午出皇宮遙祭亡父亡母，我今日調配出一種香餅，出城之後點燃，香氣數里可聞，蘭花暗衛身上帶有一種西域細蜂，聞此香必來，他們早已知道我在皇宮內，見此召喚，便會隨細蜂趕來。」

太子一瞬不瞬地望著楚齡郡主，半晌後，挑起她的下巴：「妳如此聰慧能幹，倒教本宮如何賞賜妳才好呢？」

楚齡郡主嬌羞地低頭：「若珊不需要賞賜，太后與皇上俱被孽龍和樂越迷惑，若珊與那樂越不共戴天。太子才是天道正統。只要太子能替若珊殺了樂越報父母之仇，若珊就是粉身碎骨也甘願！」

太子用手指輕輕摩挲她的臉頰，靜室之中，倒映進屋外樹影，一片旖旎。

下午，澹台容月前去向太后請安，聞得殿內數種香氣混雜，不由得道：「好香啊，太后娘娘是要製香麼？」

太后笑了笑，未回答。

凰慈宮的宮女們都鄙夷澹台容月的人品，不願搭理她，澹台容月冷坐了一時，又有宦官送來香料。小宮女拿筆記下到了的香料名稱，清點核對。澹台容月聽了片刻，暗暗詫異，再辨別香料中已有的香氣，待送香宦官走後，出聲問道：「太后娘娘，臣女斗膽詢問，殿中的香味以西域醉紅花最甚，可是這道香的主料？」

太后命小宮女們把香收進內室，道：「不想容月對製香亦甚是精通。」

澹台容月道：「幼時家母曾教過一些，略能辨識香料而已。太后娘娘要的這些香料，似乎正可以調配一種蘭花香。」

太后身邊的一名宮女道：「太后娘娘要製何香，豈能擅問。既然主料是西域醉紅花，又怎會是蘭花香呢？」

澹台容月起身施禮道：「是臣女逾越了，太后娘娘不是製蘭花香便好。那蘭花香……雖然香氣淡雅，但當要慎用，可能對娘娘凰體有礙。」

太后沉吟片刻，道：「容月，哀家知道妳一番好意。天氣炎熱，妳且回去歇著吧。待晚膳時，再來陪哀家。」

澹台容月只得告退離去。

廊下侍候的小宮女們嘀咕道：「太后娘娘真是寬宏大量，這種人，應該早點讓她回家去！」

「娘娘已經看都懶得看她了，她的臉皮真厚，若是我，自己就請旨回家了。」

「哎呀，人家哪捨得回家呢，不在宮中，可就更看不見太子了。說不定一回去，太子就忘了有這麼個人了。她全靠太后娘娘提攜呢，忘恩負義的東西！」

……

她們議論的聲音不算小，恰好能讓澹台容月聽見。

陪著澹台容月的小宮女偷眼瞄見她的臉色越來越陰，心中暗笑。

澹台容月走到迴廊拐角處，突然停住腳，轉過身，廊下議論的小宮女們立刻閉上嘴。她蹙眉道：「我想去思安宮一趟。」

小宮女道：「內宮不可隨意走動，當要向太后娘娘請旨……」話未說完，另一個年紀稍長的宮女暗中掐了她一把，接口道：「不必的，姑娘如此得太后娘娘喜愛，太后早吩咐過，內宮之中，容月姑娘可以隨意走動。詩雲、詩霞，服侍容月姑娘去思安宮。」

兩個小宮女應聲上前施禮，與另外三、四個小宮女一起，引著澹台容月向思安宮去。

那名年紀稍長的宮女目送她們走遠，用手帕捂住口嘻嘻笑起來。

另一名小宮女道：「靈茜姐姐，妳好厲害喔，澹台容月這次要倒大楣了。」

靈茜甩著帕子搧了搧風：「她啊，必定是聽了我們的嘲諷，不好發作，嫉妒太子最近總去找那位楚齡郡主。於是到思安宮找那位郡主撒氣去了。嘻嘻嘻，眞是傻瓜！後宮之中本來最忌諱撒潑吃醋，太子討厭她，她再這麼一鬧，這輩子別想沾上皇宮的門了。」

眾宮女都掩口竊笑。

「眞是可惜，我們不能都跟著去，親眼看她如何撒潑了。平時裝成那種端莊賢淑的樣子，這次終於露出嘴臉來了。嘻嘻～～」

太妃不在思安宮內，楚齡郡主出來迎接澹台容月，滿臉驚喜道：「容月，竟然是妳！我進宮這麼久，一直想看看妳，和妳說說話，自……西郡一別後，妳還好嗎？」

澹台容月道：「若珊，我也很想念妳。不知有無方便說話的靜室？」

澹台容月臉上的笑容挺勉強，楚齡郡主卻像絲毫未察覺一般，親熱地將她引進自己住的殿閣。

澹台容月進了門檻，便向左右道：「請各位先退下吧，我有些私房話，想單獨和郡主說。」

思安宮中的宮女奉命退出去，澹台容月親手闔上了房門。

思安宮的宮女們暗暗道：「這位澹台小姐看來來者不善啊。」眾宮女想湊到近前偷聽，門忽然嘎吱開了，澹台容月站在門前道：「可否在一丈之外侍候，我與郡主說話不想被旁人打擾。」

眾宮女們依言退下，望著再度闔攏的門扇道：「好大的款派。」

詩雲嗤笑道：「可能也只能款派這一回了。」

房中，楚齡郡主殷勤地給澹台容月斟茶，拉她並排坐下。

澹台容月直視著她：「若珊，妳告訴我，妳到底在打甚麼主意？」

楚齡郡主無辜地睜大眼：「啊？」

「妳是不是和太后說，要動用妳的蘭花衛幫她？」澹台容月直言不諱。「太后與皇上、皇后如今已夠可憐，妳何苦再落井下石？」

楚齡郡主的神色更加迷茫和無辜了：「容月，妳說的話我越來越聽不懂了？甚麼蘭花衛？還有太后和皇上、皇后。我一個孤女，得太子恩典住進冷宮中，如何能接觸到他們呢？」

澹台容月皺眉：「我不知道妳用了甚麼方法，假如沒有西郡那件事，可能我眞的會以爲妳想要幫助太后……妳應該是以此來博取太子的信任吧？」

楚齡郡主睜大了眼，手中的茶杯蓋頓時落地，聲音驀地拔高了：「容月，我知道了，妳說了這麼一堆我聽不懂的話，就是以爲我和妳搶太子？」

她撲上前，抓住澹台容月的胳膊，長長的指甲掐進她的肉裡。

「容月，妳相信我！太子只是可憐我而已！我萬萬不會和妳搶他！我已經甚麼都沒有了，妳父親是丞相，我拿甚麼和妳爭？妳千萬不要多心！妳不要……」

她的淚珠滾滾而下，言語哽咽。

澹台容月苦澀地看她：「若珊，我是看在妳我是好友的份上，方才前來勸告……妳當我不知道西郡王爺和王妃中毒的眞相嗎……」

低頭抽噎的楚齡郡主猛地抬頭，手中寒光一閃，一柄匕首橫在澹台容月的頸項上，悲苦的神色全然不見，目露陰狠的殺氣，聲音極低地道：「澹台容月，妳和那樂越不乾不淨，何必做出一副三貞九烈的高潔模樣？不要以爲我眞的脾氣好到任由妳在我眼前指手畫腳。我抬抬手便能除掉妳，我留著妳，是不想讓妳那麼痛快。應朝早晚必亡，但亡之前，我要先把妳這個賤人踏入泥埃！」

她收起手中的匕首，飛快地撲向旁邊的桌子，哎呀高呼出聲。

眾宮女們慌忙推門而入，只見楚齡郡主跌坐在地上，打碎的茶杯、茶壺碎瓷片跌落在她的周圍，她掙扎著爬起身，擦了擦眼淚，勉強笑道：「不礙事的，是我自己跌倒了。」

澹台容月站在一邊，滿臉厭惡。

楚齡郡主擦擦眼淚：「我就是……一時手滑。」

眾宮女們上前攙扶楚齡郡主，收拾桌椅和一片狼藉的地面。

楚齡郡主的衣服被茶水打濕了一片，鬢髮蓬亂，手中劃破了一道傷口，滲出血絲。

詩雲、詩霞向澹台容月福身道：「容月姑娘，妳和郡主『談』夠了的話，就請回去吧。」

楚齡郡主擦著眼淚，楚楚可憐地看著她：「容月，我們還是好姐妹，對不對？」

澹台容月忽然微微笑了笑：「是啊。」走到楚齡郡主面前。宮女們剛要阻攔，澹台容月已一把抓起楚齡郡主的手腕，飛快地從她的袖中取出一把匕首。

眾宮女都大驚，澹台容月把匕首放到桌上：「姐姐，身揣利器時當要小心，別沒刺傷別人，先割到自己。」轉身離開。

傍晚，太后把澹台容月喚到殿中，詢問她下午見楚齡郡主之事。

澹台容月從容承認。

太后問：「妳去找郡主，所爲何事？」

澹台容月回答，去找楚齡郡主談心。

太后閉目片刻，緩緩睜開雙眼道：「妳這些天在宮中陪哀家，哀家很是開心。但如今宮中事務繁雜，妳既然思念雙親，哀家這便著人送妳回家吧。」

澹台容月行禮領命，默默地回到偏殿。

晚膳後，楚齡郡主又來祕密拜見太后，她的神色和以往並無不同，只是雙眼紅腫，臉色蠟黃。

太后將裝著剛配好的香餅的鈿盒遞予她，拉著她的手，和藹地道：「今天委屈妳了。」

楚齡郡主低下頭：「臣女不知太后所指何事，臣女今日與容月妹妹聊天，談得甚是開心……」她咬咬唇，聲音裡含著委屈。「所以，臣女斗膽請太后寬恕她未奉懿旨便擅闖內宮私會臣女之罪。」

太后拍了拍她的手背：「眞是個識大體的孩子。」

第二日，澹台容月離開了皇宮，轎子剛剛在皇宮門外起行，一輛樸素的車駕從宮門內馳出，與丞相府的轎子擦身而過，徑直往前奔去。楚齡郡主將車窗簾掀開一條縫，向丞相府的轎子望了一眼。

下午，楚齡郡主拜祭完雙親回宮，暗中通知太后，一切俱已妥當。

兩、三日內，有細作回報慕禎，奉命追查名單上的官員，假扮蘭花暗衛與他們聯絡之後，那些人果然應允會爲了和氏江山，見機行事。

慕禎立刻著人羅織罪名，飛速處理掉這批人，並告知鳳桐和安順王。

鳳桐道：「這些人除與不除，無傷大雅，如果此時除了，反倒顯得太子行事嚴苛。」

慕禎道：「先生所言極是，但略作威懾，也能讓有些人打消不該有的念頭，看清時局。」

鳳桐便不再說甚麼了。

慕禎離開之後，安順王歉然向鳳桐道：「桐先生，太子年幼，脾氣莽撞，望先生不要和他一般見識。」

鳳桐微笑道：「王爺放心，太子是天命所選之人，我會輔佐他到底。」

鳳桐雖如此說，安順王仍是不太放心，太子最近日漸驕縱，漸漸顯露出不大服鳳桐之意，令安順王頗爲憂慮，卻又沒有甚麼好辦法，只能著人好生盯著慕禎。

剛剛吩咐下去，就見一個侍從匆匆而來，回報道：「稟王爺，上次王爺讓查的人，小的已經查到了，那女子住在沐恩街的八方客棧中。」頓了頓，補充道。「太子之後又與她見過幾面。」

安順王嘆了口氣，傍晚，換了套便服，悄悄出府。

八方客棧的一間上房門外，小二輕輕叩門，房門打開，一襲綠裳立在門後，見到小二身後的安順王，好像早有預料一樣，將他讓進房內。

安順王進屋坐下：「妳料到我會來？」

綠蘿夫人輕嘆了一口氣：「我一直在等你。」

安順王肅起神色：「既如此，那我便開門見山了。阿蘿，我已經告訴過妳，不要找太子，妳爲何還要到京城來？」

綠蘿夫人淡淡道：「我只是想看看我的兒子。」

安順王冷冷道：「他不是妳兒子，妳自作聰明只會壞了大事。」

綠蘿夫人嘲諷地笑道：「壞了你謀逆篡位的大事？你怕禎兒不是公主的血脈，而是我這個江湖女子和你所生之子這件事傳揚出去，令你多年的謀算毀於一旦？慕延，收手吧，你做的孽還不夠多嗎？替兒孫後代積點福，莫要等到報應來時後悔莫及。」

安順王道：「我這一生，從不信命，從不信報應，有些事妳不明白，我也不想將妳牽扯進來。妳只要記得，妳的兒子十幾年前就死了。現在的太子，不是妳的兒子。」

安順王起身離開，綠蘿夫人忍住眼中的淚水：「你放心，我不會耽誤你們父子的前程，我會離開。禎兒他是個好孩子，他來看過我幾次，雖然他沒有喊我娘，可我已經很知足了……聽說他要成親了，澹台容月是個好姑娘，禎兒娶她再好不過。可楚齡郡主，讓禎兒小心她，這個女子年紀雖小卻狠毒無比，西郡王夫婦和那個小世子都是被她毒殺的，我親眼所見。她的繼母是我的師妹，她知道你我之間的祕密。」

安順王的身形頓了頓，最終沒有回頭，開門離開。綠蘿夫人眼中的淚水終於靜靜地流了下來。

琳箐和昭沅在窗外看完這一切，縱雲離開。孫奔坐在遠處的屋脊上，笑吟吟問：「兩位，如何？

一切都在預料之中？」

琳箐嗯了一聲：「沒錯。」

孫奔期待地道：「還有呢？琳公主不讚揚一下在下辦事得力？」

琳箐哼道：「首先是杜書呆的計策好。」

孫奔嘆氣道：「好吧，出力多的未必是功勞大的。孫某不是個貪功的人。」向琳箐伸出手。「那樣東西，可以給在下了否？」

琳箐拋出一物：「慎用。」

孫奔抬手接住，在月光下露出雪白的牙齒：「曉得。」

安順王回到王府中，並未返回臥房，而是繞上迴廊，走進內院，來到關押樂越的石室中。

他負著手，一言不發地望著樂越，半晌後，才嘆息道：「本王，眞的不想傷你。」

樂越靜候下文。

安順王接著道：「本王至今沒有傷你性命，也許是一絲天性未泯吧。今日有人問本王，怕不怕報應。我說，我從不信報應。現在對著你，我還是這樣說。」

樂越道：「王爺這樣做大事的，就應該看得開一點。」

安順王神色叵測地又看了樂越半晌，一言不發地走了。昭沅竟覺得他的背影有點寂寞。

安順王剛回到臥房內，前方便有戰報送來，說北郡的兵馬突然不見了。

安順王與周厲交兵數日，用了讓周厲長驅直入，再四方包抄剿滅的計謀，周厲本來按照安順王的預料前進得很開心，但不知怎麼地，走到霍安一帶時，居然就地紮營不動了。安順王的兵馬只得從三面圍堵，未能斷其後路。

周厲打仗勇而無謀，本就不是安順王的對手，三面圍堵便將他的兵馬滅了大半。

但周厲居北郡十數年，兵馬錢糧囤了不少，這邊兵被滅了，後面便源源不斷補充上來，安順王一時竟不能將他全滅。

如此膠著了這些時日，安順王一方的兵馬也損耗許多，安順王本來沒怎麼將周厲放在眼中，當下也不得不稍微重視了一些。京城局勢複雜，他不便離開，於是派得力的副將再引兵增援，每日用隼鷹傳遞情報並遙遙指點戰局。

這兩日，副將聽從安順王的命令，把周厲的主力誘向槃城，周厲如他們所願上了鉤，沒想到在槃城附近失去了蹤影。

副將一時懵了，發快報回稟安順王。

安順王批覆，大隊人馬不可能平空消失，槃城附近多山林，定然是分散藏匿。

安順王深知，憑周厲的腦子絕不可能想出如此計策，定然另有人指點。他喚人火速去牢中看看定南王的情況。

不久後，派出的人回來稟報道，定南王老老實實蹲在牢裡，絕無異常。

安順王沉吟片刻，便讓隼鷹給副將送信，命其暫時原地待命。即刻點兵馬，連夜趕往前線。

第二日晚上，太子帶著一群清玄派弟子來到石牢中，揮手喊了一聲帶走，清玄派弟子們一擁而上，打開樂越手腳上的鐵鐐，將他五花大綁，繩子上還貼上了符咒。

樂越詢問道：「太子殿下這是要將我帶到哪裡去？」

慕禎冷笑道：「去了你就知道。」

一名弟子取下石室中的一盞燈罩，將一枚令符模樣的物事按進鐵托內，緩緩旋轉。

石室的地面赫然洞開一個大洞。

眾弟子把樂越推進洞中，指著洛凌之和杜如淵向慕禎道：「殿下，這兩個人怎麼辦？」

慕禎道：「也罷，一起送過去吧，讓這二人在一旁做個見證，看本宮精心謀劃，即將登場的好戲。」

於是清玄派弟子們將洛凌之和杜如淵也五花大綁。綁洛凌之時手下留情，稍微鬆了一點。

杜如淵絮絮叨叨道：「不錯，太子殿下精心策劃的好戲，開場之時若無人觀賞，豈不可惜乎。吾等能做見證，甚幸，甚幸……」話未說完，被某個嫌他囉嗦的清玄弟子用一團布塞住了嘴，先丟進洞中。

洞口隆隆闔上，太子撣撣衣袖，與眾清玄派弟子悠閒地踱出了石室，直接出了王府，登上馬車，徑直回到東宮。

樂越、洛凌之和杜如淵掉進洞中，順著一道台階滾了幾滾，洞內早已候著幾個清玄派弟子，見他們三個滾將下來，立刻上前，二話不說，分別把他們的手腳捆作一處，三根竹竿一穿，抬牲畜一般沿著漆黑長長的甬道向前走去。

這條地道很長，足足走了大半個時辰才走到盡頭。手拿火把走在最前頭的清玄派弟子把手按在牆壁上，觸動機關，盡頭的土壁凹旋開去，露出一間燈火明亮的石室。

樂越、洛凌之和杜如淵被放在石室的地上，樂越扭著脖子打量四周。只見不遠處，幾個清玄派弟子盤腿圍坐成一圈，圈子正中央浮著一團紫色氣團，托著一個大鼎。慕禎正站在重華子身側，吩咐道：「把樂越帶上來。」兩個清玄派弟子立即把樂越拖向大鼎。

樂越發現，自己身下是個碩大的八卦圖案，托起大鼎的紫氣正是從其中的陰陽眼裡冒出。慕禎露出一抹詭異的微笑：「樂越，本宮留你到今天，正是爲了這一刻。你能爲本宮派上這麼大的用場，算是死得其所了。」

樂越看向大鼎：「在下十來天沒洗澡了，如果太子殿下打算煮了我，先整治乾淨些，天熱，不乾不淨的東西容易吃壞肚子。」

慕禎抬腳踢了踢他：「死到臨頭還能說俏皮話。」

洛凌之掙扎著撐起身，皺眉道：「師父，太子殿下，你們究竟想做甚麼？」

慕禎和重華子都沒有理會洛凌之，慕禎俯視樂越：「樂越，你的那條龍在何處？怎麼不見他出來護著你？」

樂越呵呵笑道：「天熱，他去避暑了。太子殿下，怎麼不見鳳神？」

杜如淵「唔唔唔」地在地上掙扎，慕禎示意取出他口中的布團。杜如淵大喘一口氣，道：「看此陣仗，是行邪術的架勢。鳳神授意凡人做出這種逆天而行之事，有悖天道。」

慕禎大笑幾聲，正色道：「杜世子此言差矣，此事與鳳神沒有絲毫相關。聽聞杜世子身邊有龜神護佑，你的龜神在何處？」

杜如淵道：「可能因爲天氣太熱，和越兄的龍一道避暑去了。」

慕禎道：「看來，到了緊要關頭，所謂的神都不太好用，在宗廟時是如此，此刻也是如此。樂越，本宮再讓你見見幾個人。」啪啪擊掌兩下，石室的牆壁上又洞出一道門。

樂越向裡看去，不由得驚呼出聲：「師父！師叔！」

清玄派弟子們上前按住掙扎的樂越，樂越怒道：「重華老兒，你們這樣也配談修道！我的師弟們在哪裡！」

慕禎悠然道：「莫急，莫急，你們總會團聚的。」

鶴機子端坐在地上，緩緩道：「樂越，鎮定。」三位師叔注視著樂越，目光淡然而平靜，樂越的情緒慢慢地平靜下來，清玄派的弟子們鬆開手。

慕禎蔑視地瞥向他：「樂越，我一直不明白，爲甚麼琳箐姑娘會喜歡你。她那樣的姑娘，應該與我相配。」

樂越晃晃腿：「這個你要去問她，我也不清楚。你知道的，女人不好懂。」

慕禎自顧自地繼續道：「不過不要緊，她很快就能知道，我與你有多麼大的不同。」

樂越道：「殿下，我們沒有相同過。」

慕禎負手望向懸浮的銅鼎。

「本宮一直不明白，人，爲甚麼要依附於神？所以，本宮有個願望——讓人間有一日，不再被天左右，讓世間的所有人，都不必被神掌控。」

慕禎的手中不知何時多了一把樣式古樸的匕首，他緩緩撫摸著匕首的利刃：「樂越，應朝和清玄派之間，有個天大的祕密，鶴機子道長從未告訴過你吧？百餘年前，德中子自立門戶時，從師門的殘卷中知道了此事——和氏皇族的血脈中潛藏著特殊的法力，清玄派世代監視著和氏，防止這種法力在人間引起大亂。今日，這種法力恰好爲我所用。」

樂越完全沒有料到太子竟然有如此偉大的願望，愕然道：「太子殿下，你到底打算做甚麼？」

慕禎緩緩舉起匕首：「我要——滅天。」

昭沅在樂越懷中用爪子死死摟住興奮蠕動的應澤。慕禎的目光中閃爍著異樣的光彩：「我與師父查遍天下典冊，終於在一本密卷中找到了這套術法，今日再取你之血，便能祭煉聖器，喚出能與天庭對抗之物，從今日起，人間將再不從天！」

樂越竟不知該如何是好，太子的目的完全出乎他的預料。

應澤一尾巴拍開了昭沅，從樂越的衣襟處爬出，瞇起倒三角的眼睛：「年輕人，你要滅天？」

慕禎的闡述被打斷，同樣瞇起眼，打量著應澤蜥蜴狀的小身體：「這是何物？」

重華子擋到慕禎身前：「殿下請小心，此物的氣息非同尋常。」

應澤的身體嗖嗖地膨脹起來，漸漸幻化成孩童模樣的人形，負手端詳慕禎：「本座本以為你是宵小之輩，卻不想你竟有如此遠大的志向，本座甚是欣賞，你如果想滅天，本座可以助你！」

琳箐莫名地打了個寒顫，轉首望向京城的方向，孫奔道：「怎了？」

琳箐搖搖頭：「沒甚麼，我只是擔心樂越他們。」

孫奔勒住馬勢：「今夜的成敗至關重要。」

琳箐哼道：「有我在，你怎麼可能失敗？」

孫奔揚眉一笑：「不錯。」

前方刀刃寒光隱隱，戰鼓聲疾。

慕禎怔了片刻，哈哈仰天大笑起來：「樂越啊樂越，連你的龍都要投靠於我，你竟然還痴心妄想與本宮作對！」他止住笑聲，斜望向應澤。「好吧，假如你能助我滅天，本宮可以封你做個先鋒！」

應澤肅然看向那個八卦陣：「你要用此陣滅天？」

慕禎像注視著世間最美的東西一樣注視著那口銅鼎：「現在，只差樂越的血了。」

應澤的眼皮動了動，沉默地踱到一邊。

圍坐在陣法四周的九名清玄派弟子站起身，唸誦奇怪的經文；重華子抽出腰間長劍，踏著奇怪的步伐繞陣遊走，整個八卦陣發出耀目光芒。

兩個清玄派弟子按住樂越，慕禎拿過一個玉碗，舉起匕首走到樂越面前，狠而準地劃向他咽喉。說那遲那時快，按著樂越的清玄派弟子突覺掌下一震，整個人被彈飛出去，慕禎眼前一花，手中一空，眨眼間，本在他手中的匕首已經橫在了他的頸上。

樂越右手握著匕首站直身，左手扯開身上斷裂的繩索：「殿下，你想取我的血，只怕沒那麼容易。」

洞內的清玄派弟子紛紛亮出兵刃，重華子向著屋內的鶴機子一劍刺去。一枚石子擊中了他的劍身，打斷了他的劍勢。洛凌之反手從一名清玄派弟子手中奪過長劍，格住重華子的劍身。

杜如淵拍拍衣服站起身，抖掉身上的繩子：「哎呀，哎呀，眼下可怎麼辦？」幾把刀劍砍向他，沒觸到他的身體就被彈開。

杜如淵好整以暇地向慕禎道：「太子殿下，你連人都滅不了，談何滅天。」他邊說邊走進內室，趴在他肩上的商景運起法力，鶴機子和三位長老手腳上的鐐銬盡數打開。

重華子猶在和洛凌之纏鬥，隱雲子和竹青子道了一聲得罪，雙雙上前，與洛凌之三人合力，制住了重華子。

清玄派的弟子們自然不是鶴機子與松歲子的對手，場面完全扭轉。

樂越封住太子的穴道，轉了轉手中的匕首：「殿下，我給你看一件事情。」他走到那只大鼎前，看了看咕嘟嘟煮在黑水中的罈子。「太子是以爲，用我的血和這只罈子煉在一起，就可以召出滅天妖魔對吧。」

樂越微微一笑，用匕首割開手指，將血滴進鼎中。

銅鼎的黑水咕嘟咕嘟咕嘟地滾著，一點異常都沒有。

慕禎雙目赤紅，牙齒幾乎咬碎：「原來，你根本不是和氏血脈。啊哈哈，你果然是個假貨！」

樂越搖搖頭：「錯！就算我是眞的，殿下的祭煉也不可能成功。因爲——」樂越沉痛地道。「太子當天在我們青山派認錯了寶貝，這口罈子，只是一個普通的鹹菜罈子。」

慕禎和重華子的表情十分精彩。

鶴機子長嘆道：「殿下，重華子掌門，貧道一再提醒過你們，一切皆要順其自然。」

樂越道：「不過，太子不用太過遺憾，眞正的滅天大神，你也見過了。」拍拍應澤的肩膀。「就是這位應澤殿下。」

應澤簡短地說：「本座雖要滅天，但不和蠢材爲伴。」

慕禎臉色慘敗，渾身顫抖不已。

應澤踱到八卦陣旁：「這個陣法，爾等從何處得知？」

慕禎冷笑不語。

重華子啞聲道：「從一本昔日師祖帶出來的殘卷中看到。此陣法名曰九九五行祭煉陣，乃是以九九之數，借八方之氣……」

應澤一揮衣袖，整個八卦陣光芒燦爛刺目，紫色的法煙變成了黑色，頂得銅鼎砰地撞到屋頂，鼎中的黑水呼啦啦地漫溢出來。應澤冷聲道：「五行之數，合聚成焰。」

……法力不盡，火焰不息。

那人含笑唸誦完這些話，扔下手中的樹枝：「來，澤兄，這是我精心鑽研出的妙陣，往陣中灌注法力吧。」

他不耐煩地問：「為何？」

那人無奈地比了比四周：「現在大雨剛過，根本找不到乾柴生火。你我剛剛淋完雨，要燉一鍋好湯暖暖身體才好。」

他往陣法中輸入法力，聚集的火焰托起鐵鍋咕嘟咕嘟煮著湯。那人一面往湯裡放著調料，一面興高采烈地說要把這個陣法收進手記中造福後世。

他不禁問道：「你給這個陣法取甚麼名字？燉湯陣？」

那人放八角的手頓了頓：「當然不能叫這個名字，陣法的名字要起得響亮一些。就叫──九九五行祭煉陣吧。」

嘭，銅鼎中的鹹菜罈子終於在不盡的煎熬中粉碎了。

應澤收回法力，八卦陣頓時光芒全無，陰陽眼中的法焰熄滅，銅鼎跌落在地，潑灑的黑水在地面冒出咕咕的氣泡。

應澤皺眉，印象中，曾有甚麼也這樣碎裂，裡面的水流了一地。

不，不是水，是酒。

「……我念在昔日一場相交，給你一個機會，你卻因此使詐？」

「交情？仙和魔談何交情！戰場之上，更沒有兄弟。」

……

模糊的片段閃過眼前，應澤捂住額頭，在石室震動兩下之後勉強壓抑住焦躁。

到底是哪些東西忘記了？

應澤抬起眼，雙目赤紅地望向鶴機子：「你是樂越的師父，青山派的掌門？告訴本座，卿遙在哪裡!?」

鶴機子單掌立在胸前，行禮道：「師祖已然仙去，閣下何不放下前塵往事？」

應澤長嘯一聲，石室的四壁顫抖著出現裂痕，大塊大塊的殘渣掉下來：「就算他到了天庭，本座也會滅天，以報當年被欺之仇！」

樂越從懷中抽出《太清經》，翻開書頁，與此同時，昭沉現出身形，唸動法力，他金色的龍氣與應澤黑色的戾氣對抗，商景趁機張開法罩，將眾人籠罩在其中，在石室坍塌之時破土而出，衝開東宮寢殿的屋頂，落到宮院之中。

東宮內，竟無任何反應，所有的殿閣一片寂靜，一個人影也看不見。

慕禎驚慌四顧，厲聲道：「東宮的人何在？」

杜如淵抬手指向天空：「太子請看。」

半邊天空染著紅色。

「那是我南郡的兵馬，大約已經攻破了京城的城門。」

小宦官急匆匆地穿過曲折的迴廊，奔到鳳乾宮的寢殿中：「啓稟皇上，啓稟太后，啓稟皇后娘娘……方才，前邊來報，有兵馬已經擁進京城城門，向著皇城來了。」

和韶虛弱地咳嗽著難以開口。

太后站起身：「知道了。各宮院的人可都遵從哀家的吩咐去做了？」

小宦官道：「稟太后娘娘，各宮院，連東宮在內所有人俱已按照娘娘的吩咐聚集在鳳乾宮內。太妃和嬪妃娘娘們都在偏殿內。侍候的人有的在偏殿服侍，其餘都在前宮院和廊下。」

太后頷首：「讓楚齡郡主到這裡來。」

小宦官領命退下，不久後引著楚齡郡主進殿。

楚齡郡主盈盈施禮，太后將她喊到座椅前：「有兵馬打入了京城，向皇宮來了，怕麼？」

楚齡郡主搖頭：「臣女知道，這定然是保護皇上的救兵，已打敗了安順王在京中的兵馬，前來護駕了。」

太后慈祥地道：「郡主眞是蕙質蘭心，這些兵馬能順利敗退安順王的人馬，也多虧妳的功勞。」

楚齡郡主垂首：「臣女只是傳信而已，斷不敢居功。」

太后含笑道：「不，這個功勞妳一定要領，若非妳如哀家所願，將那名單給了慕禎，那群安順王手下的心腹怎麼會被慕禎猜忌除掉，哀家的反間計怎麼會成功，眞正忠於皇上的臣子怎麼能接掌職權，安順王所掌的虎賁營和禁軍又怎麼會倒戈呢？」

楚齡郡主猛地抬頭，滿面驚惶。這次，卻不是裝的了。

皇后停止了哭泣，愕然睜大了眼。

太后一抬手，旁側的帷幕中擁出護衛，迅速將楚齡郡主拿下。

楚齡郡主不甘心地掙扎，太后站起身，口氣依然很慈祥：「哀家一生，見得最多的就是自以爲聰明的蠢貨。在深宮之中玩弄權謀，妳的道行實在太淺了。按照本朝律例，弑父、弑母、弑弟，當判甚麼刑法？」

楚齡郡主被拖出了大殿。

太后走到殿外，看著遠方天空的紅光，沉思不語。

那夜，也差不多是這個時辰，一個紅衣的少女來到殿內，向她道：「太后娘娘，多謝妳聽了澹台小姐的話讓澹台丞相上書建議削藩。但要對付安順王，還須要妳再幫一個忙，妳可願意？」

於是，就有了那份名單。這是孫奔混在安順王府幾日中，所得到的效忠安順王府、掌管京城要務的大多數官員的名單，孫奔假借太子的名義告訴這些人，最近會有樂越等人的殘黨與他們接觸，策反他們，讓這些官吏假裝答應，藉以套取情報。而後，再由太后把這張名單交給楚齡郡主，讓楚齡郡主拿去向太子獻媚，太子得到名單後，必然派人假扮樂越一派與這些官員接觸，核查眞僞。那些官員預先聽了孫奔的話，都一口答應了接頭人的要求，卻不知恰好掉入圈套。

太后在施計之時有意把澹台容月趕出皇宮。因爲她預料到，不管這條計畫成功與否，最近的皇宮必然會經歷一場大亂。

皇后站到她身邊：「母后，既然來的人是對付安順王、保護皇上的，又何必把所有人都召集到鳳乾宮中，如此戒備呢？」

太后輕嘆一口氣：「皇后妳，眞是天眞啊。對付安順王，就一定是保護皇上的？誰知那樂越一派又會有甚麼打算？」

孫奔張開角弓，射下了站在城頭的總兵，京城的西城門大開，孫奔一馬當先，長驅直入，身後馬蹄聲如雷，旌旗獵獵。

北城門處，定南王手下的副將也已攻入城內，與孫奔匯合，副將率鐵衛前往天牢救定南王，孫奔領著兵馬直向皇宮而去。

把守皇宮的禁軍是安順王的心腹，抵抗頑強。可人數不及孫奔所帶兵馬，未多久便出現不支的敗相。

孫奔指揮兵卒衝向皇城大門，天空之上突然出現幾隻碩大的鳳凰，口吐閃電，向孫奔所帶的兵馬衝來。

戰馬頓時驚嘶顫抖，不少兵卒被掀下馬背，頓時場面大亂，士氣銳減。

孫奔跳下戰馬，張弓搭弦，一箭射向天上的鳳凰，怒喝：「爾等號稱神族，卻屢屢倚仗靈力，殘殺凡人，這叫甚麼神族!?還配在祭壇之上，享受世人供奉香火!?」

飛先鋒在半天空中膨脹到最大，嗷嗷地擂起胸口。鳳凰震碎羽箭，雙翅搧起火浪。那火浪本是捲向地面上的人，卻在半途突然撲捲回去，燒向鳳凰。孫奔和兵卒們的上空顯現出一隻火紅的麒麟，身周冒著烈烈火焰，傲立在雲端。

孫奔振臂喝道：「戰神麒麟在護佑我等，鳳凰違逆天意，我們這就攻進皇宮，剿除亂黨，救出皇上！」

兵卒的士氣重新振奮，高呼應和，再度衝向皇城的大門。

把守皇城的禁軍在門內將門死死頂住，孫奔率人衝了幾次，竟不能衝開。

天空上，凰鈴、凰珠兩隻彩凰根本不是琳箐的對手，幾個回合，雙翼和尾羽均被燒焦，琳箐不屑道：「妳們不夠資格做我的對手，讓鳳桐或妳們鳳君來吧！」

凰鈴、凰珠仍頑強抵抗，孫奔打個呼哨，丟給飛先鋒一個水囊。

飛先鋒桀桀笑著，拔開水囊上的木塞，向皇城城牆上淋灑，凰鈴急忙向它吐過一個火球。飛先鋒飛閃開去，火球落在城牆上，轟地燃燒起來。

孫奔一聲令下，兵卒們張開弓，將一個個小水袋射向城門和城牆，水袋破裂，裡面的桐油潑灑出來，火勢立刻蜿蜒蔓延。

皇城大門燒得滾燙，抵住門的禁軍們衣衫也著了火，再堅持不住，皇宮的第一道門轟然大開。

孫奔策馬，踏入皇城中，再一聲令下，兵卒們四散開來，用城牆上的鳳火引燃火箭，射向四方。

巍巍宮闕，玉階朱欄，被熊熊的火焰包裹，天空一片赤紅。

琳箐喝道：「孫奔，你打進來就行了，為甚麼放火燒皇宮？」孫奔好像沒有聽見一樣，只管一箭一箭射出去，前宮門到鳳和殿一帶，已全部沉浸在火海中。

火焰映入孫奔的眼中，他的雙目被染成了暗紅，注視著綿延火海，肆意長笑。

正在此時，內宮之中，昭沅金色的龍影騰空而起，盤旋於天上，呼地吐出涼風。

昭沅在心中默唸：**一，呼風；二，喚雷；三，布雲；四，施雨**——

陰雲聚攏，電閃雷鳴中，瓢潑大雨傾盆而下，沖天的火勢在雨水中漸漸熄滅。

就在此時，一個影子趁沒有人注意的時候，掠向了內宮。

鳳乾宮內，已嘈亂成一團，內侍們稟報道，宮門已被衝開，樂越的人馬放火燒了前宮院，正向內宮而來。

膽小的宮女們嚇得哭了出來。

皇后與嬪妃們驚慌失措，太后嘆息著向皇后道：「哀家告訴妳，不知是福是禍，此時已應驗了吧。」

皇后顫聲道：「那麼，應該怎麼辦呢……他們嘴裡說著保護皇上……其實比慕氏父子更加來者不善……」

太后道：「只能聽天由命了。」

皇后怔怔地站了半晌，突然吸了一口氣，挺直脊背，擦去淚水，走到廊下高聲道：「所有人都靜下來，聽本宮吩咐！」

宮院中一時安靜了下來，皇后道：「現在，有人衝破了宮門，打敗了安順王掌控的禁軍。他們說，是爲清除慕氏一黨，還政於皇上。鳳乾宮的侍衛、內侍，凡手中有兵器者，都到鳳乾宮的宮牆與前宮院處把守。所有宮婢，都聽本宮安排，取利刃分隊把守各層宮院。若他們眞的爲保護皇上而來，我們開門請入，若非如此，爲了應朝社稷，就算只剩下最後一個女人，也要保護皇上！」

她即刻清點眾人，分派列隊，太后在一旁協助。兵器不夠，就拿出做針線用的剪子、裁刀，宮女們握緊手中分發的兵器，卻都忍不住瑟瑟發抖。

和韶在內殿想說些甚麼，卻因咳嗽一時難以開口。

凰鈴和凰珠衣衫殘破地站在屋頂，俯視著宮院內，流下了眼淚。

「君上和鳳桐哥哥爲甚麼不來幫我們？」「爲甚麼要讓龍和麒麟攻進皇宮？」

一個碩大的鳳影無聲無息地出現在她們頭頂。

凰鈴和凰珠仰頭，愕然道：「梧……梧哥哥……」

鳳凰收攏雙翼，緩緩落下，化成人形，立到廊下。

宮院中一時鴉雀無聲，所有人都沒料到，在祭壇上刺殺樂越後重傷的國師馮梧會突然出現。

鳳梧一甩衣袖，太后、皇后、宮女和侍衛，鳳乾宮中的其他所有人都被定在了原地。他緩緩步入內殿，步履微有些蹣跚，燈光下映出他慘白憔悴的面容。

和韶在臥榻上掙扎著撐起身體，不敢置信地望著那個向自己走來的身影：「國……國師……」他剛要問，你的傷勢如何了，鳳梧已走到榻前，扣住他的手臂：「叛軍已經衝進了前宮院，你如果不想應朝滅亡，就與我一同出去。」

和韶虛弱地咳嗽道：「……國師……想讓朕，去哪裡？……」

鳳梧面色陰霾：「當然是出內宮，到鳳和殿前。叛軍以你的名義打入皇宮，只有你能制止。」

和韶扯出一抹苦澀的笑意：「原來到了此時此刻……國師終於發現……朕還有用？」他抬袖擦去咳出的腥液。「朕不會和你去的。」

鳳梧不容置疑地道：「你必須去，你要對那些叛軍說，樂越才是叛黨，太子是你選擇的正統繼位之人；否則，應朝必將滅亡。皇上難道想讓應朝毀在你的手裡？」

和韶淡淡道：「即使沒有樂越，應朝難道就不會毀在我的手裡？……慕禎並非長公主的孩子，樂越卻可能是和氏的血脈……到了此時此刻，朕死後，皇位到底是姓慕還是姓樂有甚麼不同？……」

鳳梧緊緊箍住他的手臂：「有！慕禎做太子，是順應天命。如果樂越奪了皇位，妖魔即將作亂，整個世間都會陷入煉獄！」

和韶虛弱地搖了搖頭：「國師，連朕這個凡人到了此刻都能看開，你爲甚麼還看不透？甚麼是天命……甚麼是有，甚麼是無……何必太過執著……」

鳳梧不由分說地扯起他，勉強聚集起全身之力：「到了鳳和殿，孽龍之流，由我來對付，你只要……」

他忽然發現不對，和韶的氣息微弱，根本站立不住。

鳳梧扶起和韶，和韶再度露出苦笑：「沒想到，朕在死之前，還能再見國師一面……朕一生不能如你所願……恐怕最後一次……依然要讓你失望了……」

鳳梧絳紅的衣袖一點點從和韶慢慢鬆開的手中滑出，和韶的氣息漸漸變無，闔上了雙眼。

寧瑞十一年夏，崇德帝和韶駕崩於鳳乾宮，終年二十八歲。

鳳梧化回鳳身，展翅飛上了天空。

他沒有隱藏自己的氣息，他知道麒麟與孽龍一定會察覺到，說不定現在正向這裡趕來。鳳梧卻沒有迎戰或暫時隱匿的心情，他的心中突然之間沒有任何情緒，也沒了再去爭鬥的念頭。

天命？天命到底是甚麼？

難道當年在鏡中所見的事實，真的無論如何不可改變？

他突然之間，不想再追究了。

他跟隨鳳君數百年，見慣凡人生死，早就看出和韶身體羸弱，命難久長。

可此時此刻，和韶猝不及防地亡故在他面前，這個他一直沒有瞧上眼的懦弱皇帝卻讓他感到莫名的蒼涼。

他還記得和韶初登皇位，第一次以皇帝身分祭拜宗廟時，用少年天眞的目光期待地看著他：「國師，朕此時，是否是被鳳神認定的皇帝？」

代替鳳君護佑了幾代皇帝，在少年的目光中，他得到了做神的滿足與愉悅。

但他當時以爲，這個皇帝如果不多多勤奮，恐怕會一世庸碌，便避開其目光，保守地答道：「皇上剛剛繼位，待有政績之時，才能論及此事。」

少年的神情有些失落，但那點期待的光芒，依然隱藏在他的眼底。

如今這目光再也看不到了。

因爲天下已沒有和韶，他也不會再守護下一個皇帝。

鳳梧仰天厲嘯一聲，周身縱起絳紅火焰。他的法力和仙元當日被應澤全部震碎，勉強支撐到今日，現在終於到了盡頭。

焚燒自身的火焰，到最後變成了五彩顏色。在火焰消散之時，一點微弱的靈光向著天庭方向飄蕩而去。

琳箐、昭沅和商景站在不遠處，靜靜看著這一幕。

這是護脈鳳神鳳梧最後的結果。

凰鈴和凰珠淒厲地悲鳴著，向著京城某處展翅飛去。天空漸漸泛出白色，黑夜將盡，黎明即將來臨。

昭沅的龍角又隱隱有了異樣的感覺。

地上大火已被昭沅的大雨熄滅，樂越、杜如淵和洛凌之已從東宮迎出來，與孫奔的人馬匯合。南郡的兵卒們口呼世子，向杜如淵跪拜。爲首的副將道：「啓稟世子，方才末將看見傳訊的煙火，王爺已被救出，應該正在盤控京城大局。」

被擒的禁軍交代，皇宮中剩下的守衛都聚集在鳳乾宮內。皇上、太后和皇后等都在鳳乾宮內。

副將道：「樂……樂皇子，是否要臣等立刻前去鳳乾宮，控制局面？」

此時此刻，樂越在這些人口中，已正式變成了樂皇子。

樂越道：「不可，我們的目的是自安順王一黨手中救出皇上，若率兵去鳳乾宮，豈不是變成了逼宮的亂黨了麼？」

副將立刻道：「是，樂皇子寬厚仁義，乃仁德之君。」

樂越渾身極不自在，剛要開口說甚麼，杜如淵搶在他之前道：「陳將軍，你火速遣一兵卒，卸去盔甲兵器，去鳳乾宮中報信，說樂皇子率軍清除了安順王逆黨，請皇上下旨，調遣眾兵。」

副將即刻去辦。杜如淵飛快地低聲道：「樂兄，這等關頭，你可不能公開說出你不是皇子這種話來啊，一說我們就都變成亂黨了。」

樂越只得應著。

孫奔揚手，將手中的馬鞭和一樣東西拋給洛凌之：「洛將軍，接著，這是調兵用的虎符，琳公主從定南王口中問得了它的下落，從南郡將它取來，暫借給孫某，現在交給你了。」

他三下五除二脫去身上鎧甲，再披上破披風，抬手抱拳：「各位，保護皇上這種事，孫某就不奉陪了，告辭。」吹聲口哨喚上飛先鋒，翻身上馬，調轉馬頭便走。

樂越連忙道：「孫兄留步。」

琳箐、昭沅和商景已經折返回來，琳箐道：「姓孫的，你……」

孫奔勒住馬勢，注視燒焦的殿閣：「可惜啊，這場火燒得好，但怎麼也不可能比得上十多年前的紫陽鎮。」

孫奔打馬飛馳出城門，琳箐在他頭頂的天上叫：「喂喂，姓孫的。」

孫奔再度停住馬：「麒麟姑娘，在下與和氏、慕氏都有不共戴天之仇，幫樂越，只能幫到這裡。妳放心，就算樂越真是和氏後人，在下也不會對付他。」

琳箐輕盈地落到馬前，挑起眉：「你好囉嗦，我知道你的血海深仇、志向抱負，我追過來，只想和你說一句話——」仰頭看著孫奔，莞爾一笑。「這一仗，你打得夠漂亮，我很欣賞。」

孫奔露出雪白的牙齒：「多謝。」

前去傳信的小兵帶回話來，太后代皇上傳口諭，著樂越單獨到鳳乾宮中見駕，並令百官入朝，皇上有旨宣告。

杜如淵即刻讓人去請百官入朝，樂越再次踏進鳳乾宮的正殿，與上一次相隔不過數日，卻恍若隔世。

正殿中懸掛著紗簾，樂越隱約窺見簾後端坐的不是皇帝和韶，而是一個華服的婦人。

一個柔和卻充滿威儀的女聲緩緩道：「樂越，你替皇上鏟除了慕氏亂黨，匡正朝綱，皇上與哀家都要替江山社稷謝謝你。」

樂越立刻醒悟這是太后，行禮之後道：「太后娘娘不必客氣，我，也是迫不得已而為之。假如我不反抗，可能已經被太子拿去煉罈子了。總之，這樣做，也是為了自保。」

太后沉默片刻，道：「聽聞樂少俠出身江湖，果然快人快語，坦坦蕩蕩。宗廟中，皇上本已鑒定出你的確是皇家血脈，如今慕氏父子既除，今後肅清朝綱，還少不了你多多出力。」

樂越誠實道：「朝政之類，草民其實一竅不通，這次能勝，多虧太后娘娘的幫忙，引安順王離開京城的計策才能成功，安順王手中仍握有重兵，肯定不會善罷甘休，戰事只是剛開頭而已。其他的事情，不妨等徹底太平了才說。」

太后道：「皇上心中已有論斷，這次召樂少俠前來，只是由哀家先表謝意而已。樂少俠請在鳳和殿前稍作休息，待百官到來之時，再宣皇上旨意。」

樂越行禮退出。

太后從座椅上站起，一個搖晃，險些跌倒，皇后從屏風後衝出扶住她，痛哭道：「母后——」

太后顫巍巍地叮囑道：「忍住，千萬要忍住，此刻還不是大放悲聲的時候，一定要忍到百官到來。」再度坐回椅上，嘆息道。「剛才看這樂越的形容，倒是個質樸少年，但願哀家沒有看走眼。」

朝陽高高昇起時，朝中文武眾官都聚集到鳳乾宮外。

昨晚那驚心動魄的一夜，眾官此時仍心有餘悸。本以爲安順王和國師是狠角色，沒想到一山更比一山高，後浪遠比前浪勇，一夜之間，竟然勝負顛倒，京城易主。

左邊上首那地兒，本應該站著太子，現在變成樂越了。

右邊上首那地兒，本應該站著安順王，現在變成定南王了。

世事無常，時局叵測，當如何自處？

百官正在心中忐忑，突然有內侍來到鳳和殿前，高高掛起喪幔，沉重的喪鐘響起，太后與皇后一身縞素，出現在眾官面前。

「皇上昨夜，已駕崩於鳳乾宮。」

眾官譁然。有人頓時伏地慟哭。

昭沅想起昨夜隕亡的鳳梧，隱約明白了緣由。他的龍角再度奇怪地癢痛起來。

眾官中已有人道：「皇上駕崩，國不可一日無君，僞太子慕禎既已除去，當由何人繼承大統？」

又有一官越眾而出，道：「先皇之前已在宗廟前鑒定，樂皇子乃皇族血脈。當由樂皇子繼位。」

澹台修出列道：「太后，不知先帝駕崩前，可有遺詔。」

太后道：「先帝駕崩之前，未有遺詔，但先帝之前曾言，願讓樂皇子承繼大統。」

不少臣子立刻也跟著附和。

樂越目睹眼前景象，覺得如作夢一般，總感覺不對。

很不對。

太容易，太順利了。

按理說，不應該如此順利。

琳箐在半空中皺眉向昭沅道：「眞是古怪，鳳凰葫蘆裡在賣甚麼藥？」昭沅也不解，鳳君、鳳桐，都沒有出現，他有種前所未有的不安與忐忑。

百官之中，欽天監監正兆陸忽然出列高聲道：「臣逾越，有件事想問一問樂皇子。」向樂越施了一禮。「本朝自鳳祥帝以來，皆供奉鳳神，以鳳爲尊，但樂皇子似乎尊龍，敢問樂皇子，如若即位，是否會改祭禮、換服色、易皇旗？之前在宗廟時，百官親眼所見，鳳神顯靈，痛滅龍妖，如若樂皇子即位，是否會觸動我朝根基，惹怒神祇，帶來禍患？」

眾官一時沉默。樂越轉身面向眾官，晨光落在他身上，鍍出耀眼金光。

「我的護脈神，從來只有——」

他話剛說到此處，忽然有個聲音朗朗道：「兆監正此言差矣。」

眾官回首，均不由自主地向一旁讓開。

鳳桐緩緩穿過眾人，他依然一身緋紅，帶著難以琢磨的表情走向樂越。琳箐正要一鞭子甩下去，鳳桐已行至樂越面前，單膝跪下。

「鳳桐叩見陛下。恭喜陛下通過了所有考驗，你不負期待，終於走到了這一步。」

天上的昭沅、琳箐、商景愕然僵立在雲端，動彈不得，樂越更是瞬間猶如變成了石頭般，木然不知所措。

昭沅的龍角劇烈地疼痛起來，他與樂越之間連接的法契之線燒灼著他的左腕，像爪子被砍斷一樣痛苦。

昭沅抱住頭，眼前暈開耀目的光芒。

那光芒是七色的流光，繽紛斑斕，絢爛難以描繪。

在光芒之中，一隻鳳凰遙遙自天邊飛來。

昭沅痛苦地呻吟，兩隻龍角從頭頂脫落。

鳳凰身上七色光芒流轉，是前所未見的華美。地面上，除了樂越之外的所有人，都情不自禁地拜倒在地。

鳳桐躬身道：「君上。」

鳳凰收攏羽翼，七彩的流光匯聚一處，變成了純白的光芒，亮得令人睜不開眼睛。

光芒之中，漸漸出現一個人的輪廓，向著樂越露出熟悉的微笑。

「樂越，我果然沒有看錯你。從今天起，你就是應朝的新帝。」

樂越一生之中，再沒有比現在更茫然的時刻。

冰冷的寒意從他的頭髮梢蔓延到腳底，他全身的血都凍成了冰。

「你……你……」

那人用和平時談天一樣熟悉的語氣含笑向他道：

「樂越，我就是鳳君。」

他竟然是——

洛凌之。

第十四章

龍，我一開始就說過，你們這一方不可能贏。
因為不管是樂越還是慕禎，都是我們鳳凰選定的人，
這局棋的結果早已註定。

在場的其餘人，都在鳳君現身的一剎那被法術定在了原地。

昭沅渾身法力在龍角脫落的瞬間消失，難以維持人形，變回尺餘長的小龍，跌在樂越肩上。連接昭沅與樂越的法線越來越細，越來越淺。而另一條明亮的七彩流光法線浮現在樂越手腕上，另一端，連接的是——鳳君。

鳳桐緩緩道：「龍，我一開始就說過，你們這一方不可能贏。因爲不管是樂越還是慕禎，都是我們鳳凰選定的人，這局棋的結果早已註定。」

樂越下意識地用手護住昭沅，雙眼大睜，直愣愣地瞪著洛凌之，無法做出任何表情，無法說出任何話。

洛凌之是鳳君？

一定是哪裡搞錯了……

從小到大，洛凌之的種種歷歷在目。

他跟洛凌之是一道玩大的。樂越還記得初見洛凌之是六歲時，恰逢十年一度創派師祖的祭典，這個祭典一向由清玄派和青山派輪流主辦，那次輪到清玄派。青山派和清玄派五歲以上的弟子都要參加，樂越跟著師父、師叔和師兄們第一次踏進清玄派的山門。

清玄派又大又氣派，弟子卻很不友善，知客的弟子板著臉告訴樂越不要亂走亂摸，弄壞了東西青山派賠不起，樂越很憋悶。

按照慣例，祭典完畢三十六天之後，還要到創派祖師的陵墓再度祭拜。

祖師陵墓在青山派後山。重華子率領眾弟子帶著祭品先到青山派內，再與青山派眾人一道去祖師墓前。

清玄派的人到了青山派中依然派頭很足，師兄們端茶給他們喝，他們看著茶水皺眉頭，嫌棄茶葉和茶具不夠好。樂越憋著一口氣，恰好瞧見清玄派弟子中有個和自己年紀差不多大的孩童走到正殿門前，打量兩側的楹聯。樂越立刻跑過去粗聲道：「你不要亂摸啊，摸壞了你賠不起！」

那孩童轉過身，琉璃般的雙瞳望著樂越，友好地笑了笑：「我不會亂摸的，就是看一看。」

樂越繼續粗聲說：「看完了就快走。」

那孩童依然很好脾氣地看著他：「我聽他們喊你樂越，你是叫樂越麼？」

樂越橫著膀子道：「是，你問這個幹嗎？」

那孩童微笑道：「我叫洛凌之，是清玄派的新弟子。」

前往祖師陵墓的路上，樂越才知道，這個洛凌之竟然是重華子新收的弟子，重華子對他極其看重，他剛入門，卻站在很多大弟子的前面，讓只能站在本門派尾巴梢的樂越更加看不慣。

祭拜時，洛凌之只是向祖師墓躬身行禮，並不跪拜。

清玄派弟子多王孫貴胄，這般行禮的不在少數，洛凌之如此也不顯突兀。而且，他的舉止比很多大弟子還要沉穩老練，不見一絲孩童的稚氣。

樂越的師兄們不禁偷偷議論道：「清玄派那個小弟子很不簡單，怪不得能讓重華子青眼有加，以後定然是個厲害角色。」

樂越聽在耳中越發不服氣，不由自主總盯著洛凌之瞧，洛凌之也常回望向樂越。他似乎很想和樂越做朋友，與樂越視線相接時總是露出友好的微笑，樂越卻總是立刻轉過臉去，不予理會。

祭拜儀式結束，青山派的弟子留下來收拾一干雜物，樂越負責把四散的紙灰歸攏到一處，洛凌之沒有隨師父離開，而是湊到樂越身旁：「我幫你吧。」

樂越看都不看他，粗聲粗氣地道：「這是我們青山派的事，不用你做！」

洛凌之垂下頭，一言不發地幫著收拾紙灰，他手腳很快，樂越輕鬆了許多，不一會兒便收拾完了。洛凌之簇新的衣服上染了不少塊灰。

樂越指了指那些灰：「喂，你師父會不會罵你？」

洛凌之拍拍衣服：「不礙事的。」又從腰間解下水袋遞給樂越。「你渴不渴？」

被幫了忙，又喝了他的水，樂越開始覺得洛凌之沒那麼礙眼了。兩人一起回去的時候，樂越找話和他聊天：「你家在哪裡？爲甚麼進清玄派？」

洛凌之回答：「我無父無母，是師父把我帶回清玄派的。」

樂越頓時感到洛凌之更親切了：「咱倆一樣，我也沒爹娘，是師父把我養大的，青山派就是我的家。你們清玄派看起來規矩很多，你過得苦不苦，每天都做甚麼？」

洛凌之道：「每天就是讀書、練字、習武，師父和師兄都對我挺好的。」

樂越再問：「你的師兄都蠻凶的，他們帶不帶你玩？你平時和誰一起玩？」

洛凌之頓了頓，沒有回答。

樂越瞟向他：「不會沒人和你玩吧。」

洛凌之沉默片刻，輕輕「嗯」了一聲。

樂越同情地看著他，連玩伴都沒有，實在太可憐了，怪不得他主動找上自己。

樂越挺起胸脯：「那以後我帶你玩吧。這邊的山頭我最熟了，連鎮子裡都有我的小弟。你跟我混，我罩你！」

洛凌之停下腳步，看著樂越微笑起來，點了點頭。

樂越與洛凌之約定，每天下午未時初刻，清玄派午覺的時間，在兩派之間山坳裡的大樹下見面。如果有事不能前來，就用洛凌之養的一隻信鴿傳信。雷打不動。

結果，約定後的第一天，就下起了傾盆大雨。樂越冒雨溜下山去，在約定的時辰到了大樹下，一道閃電劈到樹上，把樹劈焦了一半。樂越趕緊奔向附近的山壁，想找個山洞躲雨，又怕洛凌之來了找不到他。正團團亂轉時，遠遠看見一個身影打著傘從雨中走來，正是洛凌之。

樂越趕緊奔上前去，他渾身已經濕透，滿是泥濘，一不留神，泥點子甩到了洛凌之的衣服上。

洛凌之定定站著，目不轉睛地看著樂越。樂越抹了一把臉上的水，不解地問：「你看我幹嗎？」

洛凌之微笑：「沒甚麼，我還以爲……雨這麼大，你不會過來了。我本來想用信鴿通知你不用過來的，雨太大，鴿子飛不了。」

樂越豪邁地道：「怎麼可能不過來，大丈夫一言既出駟馬難追。說好的雷打不動，既然沒有通知改約，就要赴約。」拍拍洛凌之的肩膀。「你也很守約，夠義氣！」

洛凌之的衣服上又被他印上兩個手印，樂越不好意思地抓頭笑笑，打量了一下洛凌之乾乾淨淨的衣衫：「奇怪，你走這麼遠，衣服竟然沒有髒，是不是已經學了輕功？」

洛凌之笑笑，沒有回答。

樂越決定今後也要好好練輕功。

至此之後樂越時常與洛凌之見面。洛凌之脾氣好，凡事謙讓，會輕功，身手敏捷，可以一起攀岩爬樹，下水摸魚。樂越和鎮上的孩子打架，他一般不幫忙，但會當一當和事佬。比起常常教訓樂越的師兄們，以及成天與樂越搶東西、磕到碰到就會大哭的師弟們，實在是非常好的玩伴。

直到師兄們叛逃進了清玄派，樂越發誓同清玄派不共戴天，從此與洛凌之疏遠。

小時候玩伴的情誼也漸漸變成了對手的較量之心。可對於洛凌之的人品，樂越從未有過懷疑。

爲甚麼？

爲甚麼現在居然是這樣？

洛凌之竟然是鳳君。

洛凌之怎麼可能是鳳君。

他與自己從小一起長大，打過架、受過傷，他是個活生生的人，怎麼可能是鳳凰。

樂越聽見自己的聲音僵硬地從喉嚨底冒出來：「你……爲甚麼變成洛兄的模樣？你不可能是洛凌之。洛凌之在哪裡？」

鳳君臉上浮起樂越熟悉的溫和神色：「樂越，其實本君一直在你與慕禎之間猶豫不決，直到論武大會那日與你訂下了血契。」

七彩法線流光四溢，暈出那日論武大會的情形——樂越抓著龍珠碰向洛凌之的傷口。樂越的血、洛凌之的血和龍珠在一瞬間同時交融。

鳳君道：「凡人的鮮血與鳳神的血相融便是訂立了血契，這也算是天命吧。」

樂越踉蹌後退兩步：「那時的洛凌之就已經是你了？之後你被擠兌出清玄派，又受重傷……還有一路上……全都是假的？」

鳳君臉上浮起樂越熟悉的微笑：「過去種種，多是我為了試煉你有意安排，可以算是假。本君就是洛凌之，洛凌之即是本君，亦等於眞。孰眞孰假，實在不好定論，由你自行判斷。」

樂越再後退兩步，從六歲起第一眼見到的那個洛凌之就是假的，這不可能。

鳳君輕嘆道：「也許，你救下本君，你我結緣，亦是天命早已安排。那些恩怨糾葛的債孽，註定在此代消融。」

樂越木然地皺眉。

鳳君的嘴角再度緩緩漾起笑意：「樂越，難道你到現在還沒想起，十幾年前，清玄派中，你與本君的初次相見麼？洛凌之從何而來，你依然不明白？」

樂越捂住額頭，眼前金星亂冒，腦中最深的角落處，一扇封鎖已久的門轟然打開，昔日情形再現眼前。

當年，當年。還是十幾年前，他六歲的時候。祖師的祭典，他初次來到清玄派。

清玄派規矩森嚴，知客弟子毫不客氣地告訴他不要亂走亂摸，激起了他心中反抗的情緒。

祭典開始之後，天空上突然陰雲密布，狂風頓起，電閃雷鳴，白晝變成了黑夜。

在場眾人都以為有妖孽滋擾，打坐誦經抵抗。

樂越趁機偷溜進了通向內院的月門，七拐八繞，竟闖到了清玄派的後山。

後山有一座靈氣竹林，按照清玄派祕傳的陣法布置，四方八位埋著可以吸取天地精華的法器，林中靈氣充盈，是僅供掌門人打坐修煉的場所。四周有諸多弟子把守。

樂越到達竹林時，發現竹林外的清玄派弟子都像睡著了一樣躺倒在地上。竹林中七彩光暈流動。他躡手躡腳地走進竹林，只見竹林中央的蓮花台上臥著一隻碩大的鳥。

那鳥雙目緊閉，周身七彩絢爛，光芒忽明忽弱，弱的時候竟變成了純白色，三根長長的尾羽垂在身後，煞是好看。

樂越情不自禁向那隻鳥走近，想摸摸他的羽毛。

這時天空上炸雷響起，一道無比耀眼的電光直劈下來，樂越只覺得眼前瞬間一亮，下意識想護住那隻鳥，接著兩眼一黑，就甚麼也不知道了。

他醒來時，發現自己躺在蓮花台上，身邊坐著一個人。那人穿著一身白衣，烏黑長髮隨意散著，周身並無佩飾，樂越卻覺得眼花繚亂。

他愣愣地看著眼前清雅絕倫的面容，那人斜入鬢角的長眉微微皺起，眼角微挑的雙目中琉璃般的眼眸望著他，樂越在裡面清晰地看到了呆呆的自己。

「你是清玄派中的孩童？爲何能爲本君擋下天譴？」

樂越只聽得懂前半句，分辯道：「我是青山派的，跟清玄派沒關係。」

那人喃喃道：「青山派，清玄派分出去的門派，也就是鶴機子的門派？」

樂越立刻道：「那是我師父！」

那人的眉皺得緊了些：「你家在何處？父母是何人？生於哪年哪月？」

樂越答道：「我不知道爹娘是誰，師父把我撿回來養大的。」跟著報上生辰。

那人本無血色的面容頓時更加蒼白，突然嗆出一口黑血。樂越大驚，那人抬袖擦去血跡，抬手撫向樂越的臉頰：「你……你叫甚麼名字？」

樂越只覺得臉上被觸碰到的地方冰涼刺骨，有些害怕地縮了縮：「我叫樂越。」

那人定定地看了他半晌，忽然虛弱地笑起來。他一邊笑一邊看向天上：「天意……甚麼是天意……天命，天命究竟是甚麼？」

樂越很不解，伸手拉了拉那人的衣袖。

那人垂首看他，神情複雜。樂越情不自禁問：「那你是誰？你叫甚麼名字？」

那人冰冷的手指再度撫上他的臉：「九凌，你記住，我叫九凌。九五之數的九，凌之於上的凌。」

鳳凰一族，雄爲鳳姓，雌爲凰姓。以九爲姓者，唯有鳳君。

冷冷的手指點在樂越的眉心。

「今日遇見本君之事，你須暫時忘記。我欠了你相救之情，因此與你結緣。從今日起我會在你身邊，看著你的種種作爲。倘若你能通過我的試煉，我便讓你登上九五之位，成爲凌駕世間所有凡人之上的君王。」

樂越雙手緊緊扣住頭，踉踉蹌蹌不停後退。昭沅抓著樂越的衣襟掛在他胸前，心中一片冰涼。

他終於明白，爲甚麼每次樂越遭遇危險時，總會有一道七彩光芒蓋在他的金光之前保護樂越。

那是鳳君與樂越之間血契的法力。

樂越他根本不是沒被鳳凰族發現的和氏血脈，他早在很多很多年前就已經與鳳凰結緣。鳳凰從頭到尾都沒把他當成對手，他遇到樂越之後與對方一同遭遇的種種，只是鳳凰在試煉樂越。

在鳳凰眼中，他這條小小的護脈龍根本是個不必重視的丑角。

昭沅的龍鱗開始一片片脫落，暴露在外的皮肉本應疼痛難當，他卻沒有一點感覺。

他的一切感覺都已喪失。

樂越是鳳凰的，和他沒有關係。連血契線也要斷掉了。

琳箐、商景都愣怔住了，應澤一言不發地立在雲端。

琳箐喃喃向九凌道：「我一直覺得洛凌之不對勁，卻沒想到竟然是這樣……你眞是太陰毒了，皇帝、安順王、慕禎，還有小鳳凰都是你的棋子，被你隨意擺弄。你眞能裝，竟然連我、老烏龜和老龍一起騙過。」

九凌淡笑不語。

應澤慢吞吞道：「唔，本座一開始就看出他是一隻小鳳凰。」

琳箐跳起來：「是眞的還是你怕丟面子放馬後炮？如果是眞的你爲甚麼不早說!?」

應澤傲然道：「本座向來輸得起，沒必要說這種謊言。小鳳凰如此處心積慮跟在卿遙的徒孫身邊，到底想做甚麼？本座覺得有趣，所以一直未曾點破。這也未嘗不是對本座後輩的考驗。」

他一甩衣袖，將昭沅從樂越懷中甩出：「區區小事，就讓你如此萎靡，實在太丟龍族的臉面！這隻小鳳凰機關算盡，也不過和你一樣與樂少年定下了血契。此刻才是較量的時候，你爲何先軟了骨頭!?」

昭沅被包裹在一團金光之中，抖了抖，身上又有幾枚鱗片撲簌簌掉下來，鮮紅的皮肉暴露在外。

琳箐忙用法力將他護住：「他都這樣了你還讓他怎麼振奮啊？一定是鳳凰暗中動了甚麼手腳把他陰成這樣的。卑鄙無恥！」

鳳桐懶懶道：「琳公主，留意妳的言辭，君上若要對付他，何須等到現在。不過是龍族的脫鱗換角而已，不用大驚小怪。」

琳箐愣了愣，突然一揚眉，從百寶袋中抽出一把匕首，丟向樂越：「樂越，昭沅在脫鱗換角，說明你們一心同體，他要變成大龍了。你只要割斷你和鳳凰之間的血契之線，他們依然是輸！」

匕首自動落進樂越的右手中，樂越握著它，幾次舉起，卻怎麼也砍不下去。

琳箐跺腳道：「樂越，快砍啊！」

樂越握住匕首的手微微顫抖。

九凌溫和地望著他：「你若不喜歡我，或覺得我不配做你的護脈神，可以試試砍斷血契之線。」

樂越的右手緩緩垂下。琳箐恨得咬牙，難道樂越眞對鳳君有了情誼，下不了手？

鳳桐拖長了聲音道：「琳公主，不用白費心機。如果那條龍都能與樂越一心同體，君上與他緣分糾葛這麼多年，豈不更該一心同體，他怎麼可能下得了手？」

彷彿證實他這段話一樣，咣噹一聲，樂越手中的匕首落地。他猛地抬起頭，直視九凌：「血契之線如此重要，你卻放心讓我砍，是不是因爲琳箐的匕首根本砍不斷？」

九凌淡淡道：「你若這樣以爲也罷。」

樂越挺直身體：「鳳君能否將事情的前因後果全部告知在下？」

九凌微笑道：「你不是都知道了麼？」

樂越道：「我想知道的是整件事情的眞相。幾百年前的靈固村，和、慕、百里三家的恩怨與今日種種的關聯。還有……靈固村的凰女白芝，應該與鳳君有關？你扶持鳳祥帝，並不是因爲愛上了他的母親，而是因爲白芝，是不是？」

九凌注視著樂越的目光模糊起來，唇邊的笑意帶了一絲感慨。

「樂越，每次見到你，總讓我想起一個人，到底是血脈相連，你眞的很像他。」

樂越的嘴角抽了抽：「閣下不會是說我像鳳祥帝吧。」

九淩緩緩搖頭：「不是。你像他的兄長，太子和熙。」

和熙與樂越的模樣並不像，但都有同樣清澈的眼神，同樣開朗的笑容，同樣的豪爽，同樣容易情緒外露，不懂韜光養晦。與他那個擅長權謀的母親一點都不一樣。

辰尙很喜歡和熙，大概龍族都欣賞這類的少年吧。辰尙總是說，如果和熙繼位，應朝將會出現另一番嶄新繁榮的氣象。

九淩總是傾聽不語，因爲只有他知道，這個孩子將會成爲一個犧牲品，償還他祖先欠下的孽債。這是九淩選定的。

「樂越，你猜得不錯，白芝的確與本君有些關係。她算是我的姑母。」

樂越皺眉，據他和昭沅在夢中所見，白芝雖然有鳳形，但不算是鳳凰，更像擁有鳳凰神力的某種器靈。眼前的鳳君九淩卻是如假包換、閃閃發光的大鳳凰。

九淩接著道：「更確切來說，她是由我姑母的精魂所化。」他望向應澤。「此事要從太古仙魔大戰時說起。」

應澤神色微微變了變，繼續面色冷漠地負手立在雲端。

九淩悠然道：「應龍殿下似乎忘記了當時的一些事情。仙魔大戰之時，奉天庭之命輔助你的青鳳使就是我族中的一位前輩，我的姑母戀慕他，在斬殺魔族首領貪耆時，青鳳使身殞，姑母痛不欲生。仙魔大戰之後，天庭要將無法斬滅的魔族鎮壓在人界地下，需要一件仙器做鎮封之物，於是姑母自願成爲祭煉仙器的仙引。」

應澤眉端跳了跳，一些零星片段又在心中翻湧起來。

青鳳使身殞。

青鳳使……

「使君，使君……」

「將軍……」

一個執劍的青色身影從眼前恍惚閃過，應澤勉強穩住心神，壓抑躁狂的情緒，那個影子依然無法變得清晰。

那廂九凌在繼續講述。

那件仙器需要金、木、水、火、土五行至高的靈氣練就。九凌的姑母是白鳳凰，精魄陰寒，祭煉土行。九天玄女座下的一位靈芝仙抽取魂魄祭煉木行。加上金行的法器、天池的仙液，用太陽星的眞火鍛造三十六晝夜，煉成了一把寶劍。以鳳凰之血畫作鳳形，封存在劍之中。此劍平時隱於無形，以作靈芝仙的本體爲護養。假如魔族破土，則會在緊要關頭斬殺妖魔。

靈劍集合天地靈氣焠鍊，出爐時，便誕生了自己的魂魄。

因融合法器的仙引中，九凌姑母的靈力最強，故而這個魂魄的形體更近似於鳳凰，與九凌的姑母容貌相近，九天玄女爲她取名爲白芝。

樂越不禁想到，在夢境中，白芝化爲長劍的時候，那聲低低的長吟。

「使君啊，你終於回來了……」

那是鳳君的姑母對青鳳使延續了千萬年的最後一絲思戀吧。

樂越道：「而後就與我和昭沅在夢中所見的一樣，和氏、百里氏與慕氏的祖先到靈固村中求藥，何老和百里臣盜走了靈芝，導致妖魔出世，靈固村覆亡。白芝用僅剩的力量阻止何老的孫兒出生，被昭沅的父親打得煙消雲散。所以你做了護脈神後，就故意掀起應朝動亂，奪了護脈龍神的位子，以此作爲報復。」

九凌道：「和氏一族揹負了太多孽債。靈固村樂氏在那件事之後，遺留了一點血脈未絕。」

樂越的心猛地跳了兩跳：「誰？」

九凌道：「是村中一個婦人的孩子。據說和氏與百里氏的祖先盜取靈芝逃命時，被這個孩子看見，尾隨出了村子，因此撿了一條性命。」

樂越追問道：「這孩子的母親是不是叫樂九娘？」

九凌微微搖首：「這就無從查證了。我也是無意中得知這個村子的事情，因爲和暢的母親就是靈固村後人的血脈。」

樂越訝然，昭沅也掙扎著從微弱的光球中抬起頭。

樂越下意識四下尋找師父和師叔的蹤影，他直覺這事或許和青山派此代弟子都從樂字輩有關。

但滿場人中，沒有鶴機子及三位師叔的影子。昨晚從密室出來後，就再也沒有見到過他們。難道師父和師叔他們還在看守慕禎、重華子及清玄派眾人？

樂越不及細想，九凌接著道：「應該說，應朝的動亂就是從和暢的母親開始的。本君在見到她之前，並不知道這些祕密。」

九凌的姑母在遠古時被祭煉一事乃天庭機密，生在千萬年後的他只知道有位姑母早夭，對實情一無所知。

在應朝太祖開國之後，九凌受封護脈鳳神，奉天庭詔命，率領數名護脈鳳族，一同輔助辰尚。安穩無事地過了三百來年後，後宮之中，突然來了一個可以看見護脈神的女子。

那女子笑盈盈地向他道：「先生難道就是傳說中的護脈神？」

九凌詫異。後宮嬪妃中本不應該出現這種人的，他立刻報奏天庭，查那女子的來歷，卻不想竟查出了靈固村之事，由此追溯到上古。

「本君當時十分猶豫不決，不知該如何是好。」

那女子因為生了皇子，在後宮中被太子的母親算計，屢屢遭受欺辱，便流淚向他祈求道：「我不求仙君能助我得恩寵做皇后，但求不要讓我皇兒和我一樣被欺，請仙君保他一世平安富貴，拿我今生來世所有的福壽來換都可以。」

樂越道：「所以你就幫助鳳祥帝殺兄奪位，你也篡奪護脈神的位子？」

九凌輕嘆道：「欠了債便要還，這是亙古不變的道理。」

樂越總算明白鳳神一族厲害在何處了。那就是，從鳳君到手下的小鳳凰們，各個都以爲自己站在天理的一邊。佔了天理就能爲所欲爲。

九凌道：「這便是你想知道的事情的全部了，慕氏一族，本君給過他們機會，可慕延的兒子太不爭氣，這也無可奈何。現在……」他揮袖示意四周，在場其餘人仍處於無覺無識的定身狀態。「待解開他們的定身法術，你就是應朝的下一任皇帝，可以趁這片刻的時間，想一想今後該如何做。」

樂越立刻道：「老子平生最煩兩件事，一是被人耍，二是任人擺布。宰了我我也不做這個皇帝！」

九凌好脾氣地道：「你不做皇帝，這條小龍怎麼辦？他與本君現在都和你連著血契之線。你不做，損失最大的可不是我。」

樂越氣堵得胸口將要炸裂。

九凌道：「皇帝已死，慕氏父子已敗，如今只剩下你可以坐上這個位子。你一向太過意氣用事，如今該懂得考慮大局了。」

樂越緊攥拳頭，剛想反駁，杜如淵出聲道：「越兄，他說得不錯。應朝眼下除了你之外，已經沒有可以繼承皇位的人。如果你不做皇帝，應朝就會至此終結，各方勢力爲了建立新朝，必定要有一場延續數年的戰亂，禍及天下。」

鳳桐跟著慢悠悠道：「你雖然是被君上引導著接受種種試煉，但事情也全非君上的安排，終究還是你自己走到了今天這一步。眼下的局勢是你親手造就。所有的責任，你也應當擔起。」

樂越心中一瞬間閃過了無數個念頭。

就在那一瞬間之後，他斬釘截鐵道：「好，我做！」

九凌微笑起來。

樂越看著那熟悉得不能再熟悉的笑顏，冷冷道：「鳳君不怕我做皇帝之後，砸了鳳族祭壇，改服易幟，重尊龍神？」

九凌含笑道：「真是孩子氣，本君選中了你，你做了皇帝，於本君來說已是完成了護脈神的司職。護脈神享受的乃是世間凡人發自內心的敬拜。祭壇或圖騰供奉之類，我其實不太執著。」

樂越定定站了片刻，突然閃電般抓起琳箐的匕首，斬向他和九凌之間的血契線。

錚的一聲，萬箭穿心般的劇痛從手臂處直搗進心中，樂越強忍住已經衝到喉嚨口的慘叫，抽起一邊嘴角笑道：「我猜得果然沒錯，的確砍不斷。」

九凌輕輕一笑，從容地揮了揮衣袖。

在場眾人醒來。

欽天監監正再度高聲問：「請問樂皇子，假如您承繼帝位，是否會改祭禮、換服色、易皇旗？」

所有人都屏住氣，等待回答。

樂越道：「如今先帝剛剛駕崩，這麼大的事，容後再議吧。」

戲文話本中的皇上每遇到大事時，常用「容後再議」四個字來拖，挺好用的。

立刻又有官員道：「此事關係社稷，國不可一日無君，樂皇子即將承繼大統，卻是拖不得的。」

澹台丞相道：「先帝駕崩，喪儀未舉，樂皇子若欲先盡孝道，可先居皇子位、領國事，擇臣下暫為輔助，再承大統。」

樂越一天之前還是囚犯，這個皇子不過是眾臣叫的，沒有正式拜宗廟、加封號。澹台修這樣說，一來是替樂越解圍，二來也是為他登基鋪路。

群臣不由得歎服，所謂人不可貌相。一天前，澹台修還緊緊抱著安順王的大腿，巴巴地上書建議安順王削藩歸攏兵權，女兒都差點做了太子妃。現今乾坤一轉，他立刻咻地倒向這邊牆頭。這才是境界。

於是群臣都不說啥了，只剩下比較喜歡撞南牆的欽天監監正依然執著地道：「那麼，皇子袍服上紋飾當如何？」

太子與皇子的袍服上，都是要繡鳳凰的。

場上一時又都靜了，不少臣子袖著手在心中道欽天監既傻又缺。「樂皇子」顯然不懂禮制，才會打馬虎眼，連禮部尚書都不吭聲，你揪著不鬆偏讓他下不得台，不是給自己來日找不自在麼？

旁人不好替樂越解困，都等著他作答。

樂越道：「本皇子未能及時救駕，先帝駕崩，我內心愧疚無比，因此只要備喪服便可，上面不用任何紋飾。」

欽天監監正退下。

九凌在半空中微笑看著樂越：「你應答得甚好。」

百官跪拜，山呼海蹈。樂越站在玉階上向下望，內心只有一片茫然。

從離開師門到今天，苦吃過、風浪見過、仗也打過，他始終以為路是靠自己的腳走出來的，命運握在自己手中。

而今他卻知道了，他不是英雄大戲的主角，而是備選的棋子，自始至終都是被人捏著一步步在棋盤上走動，任憑擺布，渾然無知。

我命由我不由天，這句話能否實現？

眾官再請樂越選擇登基前暫時輔政的臣子。樂越選了定南王暫掌兵權，在群臣意料之中。選擇文臣時，樂越看向杜如淵。

九凌溫聲道：「任用臣下，均衡之道，也是一門學問。」

樂越皺眉掃視群臣，這些人他連官位都搞不清楚，更不知道名字，要如何挑選？

太后顫巍巍道：「哀家為樂皇子舉薦一人，澹台修居丞相位數載，兢兢業業，忠心耿耿，實為良臣。」

澹台修忙出列推脫。

樂越道：「多謝太后，就請澹台丞相今後多多教導我政務了。」

澹台修叩首。

九淩道：「教導二字不須用，只道讓他日後多爲你分擔朝務便可。」
琳箐摸著腰間的鞭子柄，覺得手很癢。
商景低聲道：「小麒麟，小不忍，則亂大謀。」
琳箐很想大聲吼，都這樣了，我們還謀個鬼啊！她強忍住懣悶之氣，鬆開握住鞭子的手。

諸事議畢，乾坤已定。
眾官開始籌備崇德帝的喪儀與樂越的登基儀式，有內府宦官前來叩問樂越：「先帝已停靈瀾瑞閣。鳳乾宮還沒有修整，東宮已損，殿下今日暫駕何處？」
隱身在他身後的九淩又淡淡道：「崇德帝駕崩，你將爲新帝，鳳乾宮要打掃修繕，準備迎接新帝。」
樂越向宦官道：「我在樂慶宮住得挺好，就還住那裡吧。」
宦官叩首領命。
樂越又道：「我現在去祭拜先帝，不知是否方便？」
宦官抬起頭怔住，九淩的聲音又在樂越身後響起：「等你換上皇子的袍服再去祭拜，可能會更好一些。如此詢問宦官，似有不妥。」
樂越道：「也罷，我還是先回樂慶宮吧。」
宦官再領命。

宮婢、宦官上前服侍，定南王派出一隊親兵跟隨，到了樂慶宮前，樂越停下腳步：「能不能讓我們在樂慶宮中清靜自在地休息一會兒？」

眾宮婢、宦官立刻跪地告退，樂越的日光掃到某個方向，九凌淡淡笑了笑，停在宮門外，樂越跨進宮門，確定他沒有跟隨，小心翼翼地將昭沅藏進懷中。

九凌看著殿門闔攏，踏雲而起，鳳桐在半空中向他行禮道：「君上。」

九凌道：「你暫時回梧桐巷吧。」

鳳桐躬身：「君上，我是來辭行的。」

九凌蹙眉：「為何？」

鳳桐神色從容道：「大局已定，一切都在君上的掌握中，鳳桐對君上已沒有甚麼作用了，所以想回到山林去，自由自在過幾天清閒日子。」

九凌道：「是否因為鳳梧之事，外加我一直沒有告訴你實情，你怨恨本君？」

鳳桐道：「鳳桐不敢。君上所做的一切，都自有謀算。鳳桐明白，家兄的個性太過固執，不像我看得這麼開，因此才有這個結果。我留在凡間多年，實在倦怠了，請君上准我離開。」

九凌靜靜站了片刻，道：「也罷，便遂你意願吧。」

鳳桐跪在雲上，向九凌拜了一拜，化作紅色的火鳳，向著遠方而去。

九凌俯視腳下，宮殿巍巍，瑞氣流動，遠處萬里山河，一派壯闊氣象，他靜靜矗立良久，向梧桐巷的方向而去。

樂越回到樂慶宮中，即刻命人取來香爐、香束和供果，到了後院的廂房內，焚香祭拜。他向後殿中的井沿恭恭敬敬地敬了三根香，看著香灰隨著金紅色火星的下移逐漸變長、變彎，最後落下。

樂慶宮本名樂息宮，在某代因與一位皇子的名諱相同，更名爲樂平宮。鳳祥帝奪位之後，覺得平字不好，又改成樂慶宮。

樂越不知道樂慶宮中隱藏的祕密究竟從哪位皇帝起失傳，後世都不再記得有靈固村。和氏的皇族們有意或無意地遺忘了他們祖先的罪孽。

但此處至少可以證明，何老將這件事情告訴了那個本不該出生的孫子。孫子又告訴了自己的兒子——應朝的開國皇帝和恩。

和恩登上帝位後，將故鄉善安定爲新都，在靈固村的舊址上修建了宮院，並依照當日神祠的模樣蓋了後殿，在殿中立了一圈假的井沿祭拜。

樂越跪在井沿前想，九泉之下，靈固村樂氏的鬼魂們眞的能夠寬恕和氏的罪過麼？

祭拜完畢，回到寢殿，樂越坐在椅上，看手腕上血契線的位置。昭沅待在光球內，安靜地飄浮在他身側。

樂越嘆了口氣：「咱們現在不能失去理智。之前我們是被安順王關在小牢房裡，現在則是進了一間大牢房。這間牢房才是眞正厲害，想逃出去，一定要沉得住氣！」

昭沅悶聲道：「其實，你做皇帝，他當你的護脈神，也挺好的……他確實比我強。」他看得出來，九凌的確對樂越挺不錯的。

樂越頓時暴怒，一把抓住他：「我現在這個樣子叫好？我和之前的皇帝有甚麼分別，我只是他們選中的另一個傀儡！」他磨磨牙。「你知道不，我聽書看戲的時候，最喜歡罵那些傀儡皇帝，罵他們沒有骨頭，甚麼身不由己，全是屁話！現在，我知道我錯了。只有自己當了傀儡，才明白傀儡有多憋悶！」重重一拳擂在椅背上，雙目赤紅地盯著左手。「我現在恨不得把我這條胳膊剁了，看那根繩子還捆不捆得住我！」

昭沅用腦袋蹭蹭他的手：「我現在法力只剩一點點了，幫不上你。」

樂越揪住他：「誰說你幫不上，你幫了我很多！說起來，是你先讓我幫你找皇帝，又讓我做皇帝，我才到了今天這一步。你要對我負責。」

昭沅垂下腦袋，他當然想負責，他想打爛祭壇，打倒九凌，扯斷樂越和九凌之間的血契線。可他只能想，做不到。

「啊——氣死我，氣死我，氣死我了！！！！！」琳箐跺著腳，仰天大喊。

飛先鋒撲搧著翅膀飛在她旁邊，擂著胸口跟她一起嗷嗷地叫。

一旁的樹下，孫奔坐在石桌邊，悠然地倒了一杯茶，遞向琳箐：「公主，喝口水潤潤喉嚨吧。」

琳箐身周轟地燃起麒麟火焰：「我快氣炸了！」

孫奔道：「這個，妳應該自豪才對，妳的眼光真的很不錯。一眼就看上了那位最有來歷的，孫某於他，的確望塵莫及。」

琳箐咯咯地咬著牙：「我是個豬腦袋！我居然沒看破洛凌之的嘴臉！我眞蠢！」

飛先鋒捶打胸脯附和：「嗷嗷嗷～～」

孫奔道：「公主妳不是豬腦袋，只是一時意氣用事才造成今日的悲劇。誰讓妳那時和我賭氣呢？可惜一枚鱗片啊……」

琳箐跺腳道：「早知道我當初就應該選你這個奸詐小人！」

孫奔抿著茶點頭：「嗯嗯，奸詐小人可比僞君子強太多了。」

琳箐抓起水杯，咕咚咕咚灌了兩口，一拍石案坐下：「其實，我到你這裡來，就是爲了懲罰自己，聽你挖苦我，我的心裡能好受些。」

孫奔替她再添上茶水：「現在公主怒氣也發夠了，應該冷靜些了。樂少俠不是兩根線都連著麼？鳳凰的後招雖狠，我們卻還不算輸。」

飛先鋒蹲到她身邊，輕輕搧動翅膀替她搧風趕走飛蟲。

琳箐嗯了一聲，道：「那你爲甚麼留在京城不走？我還以爲你那天就離開了哩，你不是說不會幫和家的人嗎？」

孫奔抱起雙臂：「安順王只是暫時被困在槩城，他得知消息，必定會殺回京城。此時願意追隨他的兵馬不在少數。眞正的大戰才要開始，我怎麼捨得走？」

風拂動樹葉，很溫和，但琳箐能感覺到，風中有不尋常的氣息，那是戰爭即將來到的味道。

□

樂越的皇子袍服還在趕製，尚衣坊先送了些臨時可供穿戴的衣物過來。樂越沐浴更衣完畢，有宦官在門前跪請入內，手中的漆盤內托著一大疊冊子。

小宦官道，這是今天要閱的摺子，最上的一卷絹書乃是中書衙門代樂越起草的告天下書，請他過目。

樂越先展開那卷絹書，滿篇文謅謅的辭令，引經據典，看得他有點頭暈，裡面有不少生僻字他不認識。來回讀了幾遍，才勉強讀通其義。大概就是陳述本朝近年來的種種弊端，逆黨慕氏父子專權禍國，朝野動亂，天下不安。幸有樂皇子，生於民間，上承天命，得賢臣輔助，終於撥亂反正，匡肅朝綱。安社稷，撫民生。

下面的數本奏摺，都是眾官奏請樂皇子加封樂王，早登帝位。連日期都替樂越安排了，曰明日宜樂皇子先加樂王銜，先帝靈柩封棺，五日後入葬，第六日乃上上吉日，樂王登基，承繼大統。

還有些摺子，是關於崇德帝的宗廟謚號，皇后尊封太后，太后尊封太皇太后的封號備選。樂越登基後的帝號年號，禮部等衙門曰正在商擬之中，來日就有本呈上。

樂越翻看了一陣，眼有點花，太陽穴一跳一跳的。

小宦官已經殷勤地擺好御筆，磨罷朱砂，待他批閱。

樂越呵呵笑了兩聲，道：「這些……都是些要緊之事。我要考慮考慮，才能決定。」讓周圍服侍的人都先退下。又拿著一本摺子顛來倒去看了看，抓起筆道。「這要怎麼批？在甚麼地方寫字？」

昭沅沉默，樂越不懂，他更不懂。

樂越正打算請杜如淵來幫忙。一陣細微的腳步聲入耳，一個人走進殿內。

來人竟是「洛凌之」。

他穿著淡藍的長衫，依然是平常打扮，樂越在一瞬間有些恍惚。

「你……」

「洛凌之」微笑道：「殿外的人大約知道我是你的同伴，沒有攔我，我就直接進來了。我想你更習慣和我這樣相處。」

樂越有些無力地道：「鳳君，你能否不要再耍我了，你到底有甚麼打算？」

九凌道：「你我血契相連，我只期待你成爲一個好皇帝。我欺瞞你許久，你一時難以接受，我可以理解，但你也不必如此和我說話。你可以喊我九凌，若不習慣，仍和之前一樣喊我洛凌之也罷。」

樂越面無表情。

九凌的目光掃過桌案上的奏摺，再看了一眼他肩膀上的昭沅，接著溫聲道：「你的師父與師叔正在定南王處。慕禎和清玄派中人暫時已被關押，我方才去看了看。」

想來九凌仍是以洛凌之的身分去的，樂越道：「難道重華老兒和清玄派的人都不知道你的身分？」

九凌道：「是鳳桐讓安順王安排我進入清玄派，當日我更傾向於選擇慕禎，進清玄派是爲了就近查看。唯有重華子知道我與安順王府相關，不過也只以爲我是從小爲太子安排的護衛而已。如今，他們也沒必要知道太多。」

原來如此。樂越禁不住問出壓在心中良久的問題：「我們在半路上遇見你重傷的那次……」

九凌道：「那次慕禎的確出手傷我，我知道你們要從那裡經過，所以故意讓他傷到。」

他說得雲淡風輕，樂越卻想起那隻傻傻的兔精月瑤，還有自己見到重傷的洛凌之時的焦急，以及之後與琳箐、杜如淵、商景手忙腳亂救治的種種，笑道：「想來鳳君當時一定在心中嘲笑我們這群愚蠢的傻瓜。能夠愉悅到閣下，我們真是不勝榮幸。」

九凌神色凝斂住：「說來你可能不信，本君有時候會一時間忘了自己是誰，以爲我只是一個凡人洛凌之而已。」

樂越抬抬眼皮：「用我們愚蠢凡人的說法，鳳君太入戲了。這樣傷身。」

九凌神色複雜地看看樂越，並未再說甚麼。

樂越把幾本奏摺攤開：「鳳君要不要先閱一閱，在下好繼續遵命辦事？」

九凌道：「不必了，看來我說太多，只會讓你對我更加厭惡。兵馬之事，杜獻足以輔助你。杜如淵暫時不宜授過高官職，他年紀尚輕，有些事情欠缺歷練。你可以選擇朝中的幾位學問高但不會掌大權的文官做你的老師，政務與禮儀之事，不久便可上手。」再瞧了瞧昭沅，轉身離開。

樂越朗聲道：「鳳君請留步。」

九凌停步側回身。

樂越道：「我不知鳳君還有甚麼計畫，但請你高抬貴翅，放過其他不相干的人，尤其是我的師父、師叔和師弟們。他們一生爲善，害這樣的人，天條也不會允許。」

九凌淡淡道：「你放心。」

樂越目送他離開，陽光下漸漸遠去的那襲藍衫，似乎還是那個洛凌之。昭沅竟然覺得九凌的背影有一絲傷感。

昭沅晃晃頭，打個噴嚏，嘩啦，一股水流從口中和鼻孔中衝出。

水流越來越大，嘩啦啦地流到地上，昭沅想要收住，卻怎麼也控制不住。

殿外的宮人聽到動靜趕來，只見到有水流從樂皇子的肩膀上噴下，淌到地上，漸漸殿中汪起水。宮人們大駭，假裝喊人，一溜煙地跑了。

水越流越多，昭沅怎麼也止不住，樂越想抓住他到外面去，手剛碰到他的身體就被水流彈開，跌坐到水中，殿中的水漸漸漲到了半寸、一寸、沒過台階，向外流去……

正在此時，應澤挾著黑風晃進殿內，向昭沅彈了彈指頭，昭沅口中噴出的水流像關了閥門一樣，嘩地停止。

應澤讚賞欣慰地拍拍他的腦袋：「不錯不錯，這是法力增長的表現。」

昭沅打了個嗝，呆呆地看濕淋淋的樂越和滿地的積水。

樂越抖抖衣襟：「法力增長是好事，不過你最好趕緊學會關水。」

昭沅扭動一下身體。

應澤負手道：「脫鱗換角，法力難以控制，乃必然之事。你體內諸種法術現在都在增長，不知下次是噴火還是吐電。這幾日，你多跟著本座吧。」一把扯過昭沅，裝進自己袖中。

樂越道：「應澤殿下……」

應澤傲然道：「卿遙的徒孫，本座這是為你考慮，萬一他噴火吐電，可不像噴水這般你能招架得住。趁這兩日無事，我替你帶帶他，就這樣了。」化作一道黑光，嗖地不見，剩下樂越目瞪口呆站在水中。

應澤帶著昭沅爬上一片雲，躺下。

昭沅探身往下看。應澤閉著眼道：「你放心，那隻小鳳凰比你厲害得多，樂少年萬無一失的。」

昭沅嗯了一聲縮回身，應澤的一隻眼睜開一條縫：「你很憋悶？」

昭沅點頭。

應澤道：「那你就練練法術吧，本座與你的法力正好互相制約，你試著釋放出法術對抗本座。」

昭沅身周冒了一圈光，應澤渾身立刻湧出黑氣，與他的金光撞在一起。

應澤枕著手臂道：「你的法力絕對傷不到本座，所以傾力使出，試著壓制本座的氣。」

昭沅依言試著搜刮凝聚全身的法力。

他的角和鱗片掉落後，本來感到渾身空蕩蕩的，法力全無，但搜尋運轉之後，卻從經脈中一絲絲地冒出來，龍珠、龍脈處也有灼熱的感覺，昭沅試著把法力聚攏在龍珠處，再化作攻擊之力，逼出體外。

應澤的黑氣無限強大，好像一個無敵深淵一樣，要把他的法力吸收吞噬。昭沅咬著牙堅持，聚攏多些，再釋放多些，對抗之力大些……他渾身大汗淋漓。

應澤闔攏雙目躺著，好似在小憩，內心卻翻湧不已。

剛剛昭沅噴水，是他做了些手腳。

在聽完那小鳳凰提起青鳳使之後，他不由自主想知道究竟忘記了何事，一旦回憶，就有一股躁狂之意翻湧難耐。

滅天覆地在他看來都是區區小事。

可卿遙的徒孫、昭沅和小麒麟幾個，他老人家看著都很順眼，不想一旦狂躁難耐時不留神傷及。

他引導著昭沅的法力，壓制住不受控制蠢蠢欲動的狂意。

不知怎地，又想起了昔日。

那時他與那人雲遊到一處山脈，就像現在這樣躺在山頂看山澗浮雲。

他向那人道：「我教你強一些的駕雲術吧，能到達天庭，你便可以升仙了。」

那人答道：「我覺得做凡人就好，做神仙太無趣了。」

他道：「你們凡人自己也說，多俗事多牽掛多煩心。因此壽命至多不過百年。」

那人道：「有悲有苦，才有喜有樂。有可牽掛之事，便是一種福氣，能得幾十年，看看世間風光已經甚好。」

應澤在雲上翻了個身，給累趴的昭沅添了點靈力。

此時，他或許明白了牽掛二字的含義。

樂越換掉身上的濕衣，確定九凌的確沒有跟在附近，立刻出了樂慶宮去找師父。定南王暫掌皇宮禁衛。樂越匆匆到了五鳳樓側的武德殿，一眼便看到鶴機子、三位師叔與定南王、杜如淵在殿內敘話。

眾人見到樂越，立刻起身，定南王與杜如淵都倒身下拜，樂越心中五味雜陳。幸而鶴機子等四人站在原處未動。

樂越像以前一樣恭恭敬敬地行禮道：「師父、師叔。」

杜如淵道：「樂皇子，你和幾位道長慢慢敘舊，我等先告退了。」和其餘人一起退出大殿。

殿門剛闔上，樂越立刻撲上前：「師父，師弟他們怎麼樣？有沒有被重華老兒……」

鶴機子道：「重華子只想抓我們幾個老傢伙，你師弟他們沒事，已經跟著狐老七一家撤了，如今應該隱遁在山林中。有當時太子賠給青山派的金子，餓不到的。」

樂越的心方才徹底地放鬆下來。

竹青子微笑道：「樂越啊，你如今已是皇子，不必對我們行師門禮了。」

樂越苦著臉道：「師叔，你知道的，我哪是做皇帝的料。只是……」他離開師門之後經歷了太多，一時竟不知從何說起。

鶴機子撫鬚道：「你既已居於此位，亦可算是上天安排，從今日起要多多用功，修德勤政。」

隱雲子在一旁呵呵笑道：「正是，那個看見書本就打瞌睡的毛病，第一要改。」

樂越的嘴張了張：「師父、師叔……洛凌之他……」

鶴機子道：「嗯，定南王的兒子已經告訴我們了。」頓了頓，突然問了個和洛凌之不相干的問題。「樂越，你覺得一個出生在名門世家的人和一個普通的人，誰更容易成爲大俠？」

樂越不解師父的用意，一頭霧水地回答道：「自然都不容易，不管甚麼來歷，都要除暴安良，爲民請命。」

鶴機子道：「不錯，不管身在何位，只要記住這個道理，都能成爲大俠。」

樂越疑惑不解：「師父是要告訴我，皇帝也能做到大俠的境界？可是昭沅和洛凌之……」

鶴機子瞇起眼：「一切自有解決之道。」

樂越張了張嘴，很想問問師父，當日趕他離開師門，是否是故意的。師父到底是早就知道自己的身世，還是的確不知。

但他知道師父和師叔不會明明白白地告訴他，遲疑片刻，最終還是閉口不提。

鶴機子含笑看他：「不再事事都掛在嘴上，要放在心中揣摩，這樣甚好。」

樂越請師父和師叔去樂慶宮住，四位老人家執意不肯，道，留在宮中不大好，不如暫住在京城的道觀中方便。

次日，樂越正式進銜樂王，著孝服前去祭拜崇德帝和韶。

天氣炎熱，屍體不能久存，和韶已入棺，停靈五日便下葬。

太后、皇后與眾妃嬪慟哭不止。

太后與皇后將加封爲太皇太后和太后，可和韶的其餘妃嬪尚且不知如何安置。

杜如淵告知了樂越不少禮儀，樂越回到樂慶宮時，發現桌上又新堆了一摞奏摺，有些頭大。

澹台修舉薦了幾個官員作爲樂越學習禮儀學問的輔助，昭沅被應澤帶走尚未回來。

樂越屏退左右，獨自在殿中看了一時奏摺，有些口渴，一抬頭看見九凌靜靜立在簾幕邊，一身繁複的白色袍服隱隱流動著七彩虹光。

樂越道：「鳳君幾時來的，快請坐。閣下今天不做小道士了？」

九凌沒有再讓他改變稱謂，只道：「我本以爲，做洛凌之可以與你親近些，是我弄巧成拙了，反倒讓你更加不舒服。」

樂越乾笑兩聲，垂眼看奏摺。

九凌道：「你今日祭拜和韶時，禮儀舉止幾乎沒甚麼差錯。實在很好。」

樂越呵呵兩聲：「多謝多謝。」

九凌道：「你如果想與令師多親近，可在京城設立道觀，令師弟們，也可立刻著人請來京城。」

樂越放下奏摺，肅起神色道：「我師父、師叔和師弟們都過慣了窮日子，回青山派可能過得更好些，就不勞鳳君費心了。」

九凌道：「也罷，既然你不喜歡，令師門的事情我不再提。我今日來，實際是爲了另一件事——你即將繼承皇位，后位亦該定下。澹台修家的女兒，我記得你很喜歡她。」

樂越驀然變了臉色：「你打算幹甚麼？」

九凌道：「她很適合做你的皇后，難道你不想娶她？」

樂越壓制住丹田中翻湧的氣息：「呵呵，現在提這種事還太早吧，閣下容我再考慮考慮？我正在努力學做皇帝，等……等學得差不多了再說。」再拿起一本奏摺，作勢斂眉凝神觀看。

九凌直直地站在那裡，仍不走。

樂越索性換個舒服的姿勢一本本看下去，耗了大約兩刻鐘，期間還喊人要了些茶水，侍奉的小宦官們看不見九凌，樂越也只當自己看不見，喝著茶水讓小宦官們退下，仍然翻開奏摺。

九凌終於輕嘆一聲，溫和道：「樂越，本君做你的護脈神，哪裡比不過那條小龍？」

樂越抬了抬眼皮：「鳳君現在甚麼都比他強許多，就算他將來長成大龍，可能法術謀略仍不是你的對手，但他有一樣強過閣下，就是從來不騙朋友。」

九凌道：「本君當日扮作洛凌之，一半也是讓你在登基時學習帝王之術的重要一課。做帝王者，沒有朋友。世事不可能如你現在眼中、心中所見所想那樣單純。任何人都有可能背叛你，欺騙你，你所要做的，就是辨別和判斷。」

樂越敷衍地點頭，舉起手中的奏摺：「受益匪淺，我這不是正在努力麼？」

昭沅與應澤練了半天的法術，應澤體內的氣息十分狂躁，昭沅心中隱隱不安。

他把自己裹在光球內飄回去找樂越，在雲端看見九凌繚繞著七彩光芒的身影向這裡飛來。

昭沅下意識地頓了頓，九凌收起雙翼，幻化成人形：「你的法力還未恢復？」

昭沅用來包裹自己的光芒下意識地亮了些：「不錯。」

九凌淡淡道：「本君若想傷你，不至於等到今日。你父辰尚與我平輩論交，算起來，我還是你的叔伯。辰尚這些年越來越糊塗了，我本以為，他會派你的兄長來。結果來的竟是一條不足百歲，須要脫鱗換角的幼龍……」

昭沅沉默不語。

九凌道：「你這些時日跟著樂越，歷練已經足夠了。斷了你和樂越之間的血契，或者換你的兄長來吧。」

昭沅挺起身體：「為甚麼？」

九凌微微皺眉：「你做樂越的護脈神，對樂越來說，只有害處，絕對帶不來好結果。此事從一開始你就知道。」

昭沅道：「樂越是我的朋友。」

九凌雙眉斂得更緊：「朋友？你真的將他當朋友，何至於連一條龍脈都捨不得？」

昭沅不再回答。

九凌看著他，一甩衣袖：「也罷，本君的仙力絕對壓得住你，不至於有甚麼大差錯。你真的心口如一，為朋友捨棄龍脈，並不算甚麼大事。」

昭沉回到樂慶宮中，一直都很沉默。

樂越也很沉默。

他偷偷翻閱卿遙師祖留下的陣法書與《太清經》，希望這兩本書除了能鎮住應澤之外，還有能讓他斷掉與鳳凰之間血契的方法。

但《太清經》中只有養氣靜心的法門，樂越一時沒有甚麼發現。

不管是對付清玄派、對付太子，還是對付安順王，他都沒有像現在這樣一點兒主意也沒有，只能做束手無策的傀儡。

樂越懋悶躁狂，夜晚在床上輾轉難眠，忽然聽見枕邊昭沉低聲道：「樂越，其實你現在還是不想做皇帝吧？」

樂越嘆氣道：「現在不是做不做皇帝的問題，是怎麼才能不做鳳凰的傀儡皇帝。」

昭沉頓了頓：「我會幫到你。」

樂越煩躁地抓抓頭：「你先快點長角換鱗。九凌……我暫時想辦法對付。」

次日，琳箐踏著霞光趕回皇宮內，遠遠看到昭沉懨懨地趴在樂慶宮的雲端。

琳箐連忙趕上前，一把抓起他：「你怎麼了？是不是那個卑鄙的鳳君趁我們不在時暗算你了？」

昭沅有氣無力地回答，沒有，只是因爲他鍛鍊法力太過，導致此刻全身無力。

琳箐這才鬆了口氣：「那你趕緊跟我下去，我有緊急軍情要告訴樂越。」

琳箐親自前去打探，安順王已得知京城有變，一面派人前去和周厲和談休戰，誘導其先與自己聯手攻打京城，一面徵調西郡與原本自己麾下的兵馬到供城集結。

幸虧周厲帳下有一名他起兵攻打京城時，杜如淵與琳箐合力安插進去的南郡謀士。此人每晚接到飛先鋒傳遞的計謀，進獻給周厲作應戰之策，周厲採納後每每得勝，對此人極其寵信。

這名謀士向周厲進言道：「京城傳來飛鴿快報，慕延的老窩已被端了，大勢去矣，他自知末日將近，這才要和王爺和談，分明是已經走投無路。如果不趁這個機會除之，來日必成大患。王爺殺了慕延，更可以以此爲名，進京請賞。要坐皇位的那個毛孩子只是杜獻的一個傀儡，王爺除掉他輕而易舉，到時不費多少力氣，天下就到手了。」

周厲到底算有幾分心計，道：「可京城已被杜獻佔了，他也不好對付。」

謀士立刻道：「杜獻前段時日被慕延抓住，差點喪命，王爺把慕延打得落花流水，這才給了杜獻機會。杜獻一個世襲的王爵，哪裡是王爺的對手！王爺進了京城，只消輕輕彈彈指頭，他定然落荒而逃。」

周厲一拍桌案，哈哈大笑：「說得好，說得很好！」立刻傳令左右，把安順王派來和談的說客拖出去砍了。

安順王不得不分出一些兵力繼續與周厲對戰。自己則領了萬餘精兵，快馬加鞭殺向京城。

琳箐先找到杜如淵，讓他把這個消息告訴定南王，自己趕到宮中通知樂越。

她正要衝進樂慶宮，昭沅的話止住了她的雙腿：「樂越不在樂慶宮中，他去凰慈宮了。」

琳箐詫異地道：「樂越去皇太后宮裡做甚麼？你為甚麼不和他一起去？」

昭沅道：「皇太后是讓樂越去凰慈宮見澹台容月。」他覺得跟去不太合適，就留下練練法術。

琳箐僵硬地笑了笑：「原來是這樣啊……可軍情真的有點緊急。我去看看樂越快回來了沒。」

琳箐急急踏雲向凰慈宮飛去，遠遠的，她已看到樂越與澹台容月在宮院的小亭中相對而坐。

她眼睜睜看著，樂越的手抓住了澹台容月的手，又立刻放開，他們的臉，都紅了。

樂越在說：「小月亮，這次我能從牢裡出來，妳幫的忙最大，讓妳受了很多委屈，對不住了。」

澹台容月垂著頭，輕聲道：「樂王殿下該自稱孤才是。」

樂越無奈道：「聽見妳喊我樂王，我真是渾身不自在。」

琳箐一向看不起「嫉妒」這兩個字，她認為，當你嫉妒了，就等於承認自己不如對方。可是現在，她心裡有股壓抑不住的煩躁。她……嫉妒了。

她嫉妒澹台容月甚麼都不做就可以和樂越這麼親密。

她嫉妒澹台容月的身分讓她成為最適合樂越的皇后人選。

她嫉妒地拚命想找澹台容月與樂越不相配的地方，就是找不到。

四周的雲彩都要因為這股嫉妒燃燒起來。

樂越抬頭看向亭外：「奇怪，現在還不是傍晚，怎麼會有這麼紅艷的霞光？」

澹台容月驚喜地道：「是呀，好漂亮！好像發亮的錦緞一樣。」

兩人不由自主地先後起身，站在一起看著雲霞。他們周身暈染上霞光，與小亭、宮苑一起，好像一幅工筆勾勒的精緻畫卷。

琳箐怔怔地站了片刻，轉過身，輕輕離開。

澹台容月疑惑地望著天空：「奇怪啊，雲爲甚麼一下子都變成灰色了？」伸手向欄外。「下雨了？」

樂越也伸出手去，感到兩點涼意滴入手心，很快消失。樂越握起手，心中莫名有點酸痛的感覺。天上的雲已慢慢散開，透進日光。

樂越與澹台容月回到桌前坐下。

澹台容月道：「有件事情，太后讓我和你說一下。現在後宮中的諸多人，留在宮內有些尷尬。先帝曾在京城附近建了一座行宮，太后想和皇后娘娘還有先帝的妃嬪們搬到那裡去，挑一些原本跟在身邊的舊宮人跟隨。每月用度不會花費太多。」

樂越仍沒能從剛才莫名的情緒中完全恢復，勉強集中精神道：「後宮這麼大，就算她們全部留下，也絕對夠住。」

澹台容月道：「照規矩，先帝賓天後，後宮的妃嬪宮人們，多數是要發放的。只是太后娘娘體恤她們的不易，又不想你爲難，才做下這番安排。」

太后剛經喪子之痛，立刻將澹台容月接進宮，安排她與樂越相見，其實並沒有多少撮合之意，主要是爲了此事。

這話她直接和樂越說，不如經澹台容月之口轉述合適。

樂越道：「她們眞這麼想，我當然不會反對。只是，皇宮原本是她們的，現在我們住進來，就要人家搬出去，好像有些不妥。」

澹台容月道：「太后娘娘的意思，可能是搬出去大家都更方便一些。服侍的還是身邊用慣的舊宮人，用度也寬裕的話，可能眞的會比留在宮中舒服。你的顧慮也不必太重，自古一朝天子，一朝……」

她一朝天子一朝臣的話沒說完，忽然想到這個比方放在此處，意思就是一朝天子一批後宮。這話有些莽撞了，不由得羞慚。

樂越卻不明白她爲甚麼突然住了口，道：「那就這麼辦吧。小月亮，這種事情，妳比我懂得多，以後要妳多多幫忙。」

澹台容月的臉頓時通紅，垂首微微點頭。

樂越這句話本是隨口說出，沒別的意思，見澹台容月的反應才恍然醒悟，沒來由臉也有些熱，乾笑了兩聲。

樂越回到樂慶宮，昭沅、琳箐、杜如淵、商景、應澤都在殿內，九凌並未出現。

琳箐將軍情告知樂越，杜如淵道：「安順王善用兵，他手下可徵集的兵馬不少，家父已經派人去南郡調兵，京城及周邊防務不可懈怠。琳公主說，孫兄還未走，由他領一隊兵馬駐守京城附近再合適不過。」

樂越自然贊同，又念及攻破京城時孫奔的離去，便補充道：「只是，要孫兄願意才行。畢竟和氏與百里氏……」

琳箐道：「放心，孫奔說，雖然和氏與百里氏仇深似海，但他不會對付你。他本來就是有仗打就行，安順王也是他的仇人。」

樂越道：「那就好。」

琳箐神色平淡，與平日有些不同，樂越忍不住關心地問，「妳是不是有哪裡不舒服？」

琳箐立刻笑道：「沒有啊，不過這兩天來回跑，我是有些疲倦了。」打了個呵欠。「你們慢慢聊吧，我先去補會兒覺。」

樂越看著她走出門去，茫然地問：「琳箐到底怎麼了？」

杜如淵、商景都道不知。

昭沅也搖搖頭，琳箐不准他把去凰慈宮的事情告訴樂越，他只能守口如瓶。

夜半，昭沅在樂越枕邊輾轉難眠。

靜謐的夜空籠罩著整個皇宮，有甚麼正在靜悄悄蔓延，冰冷的氣息鑽入錦帳，攀爬上床席，侵蝕進他尚未長出新鱗片的皮膚。

昭沅撓撓樂越，樂越翻個身，繼續酣睡。昭沅搜刮全身的法力罩住樂越，鑽出床帳，閃到殿外。

值夜的宦官們安安靜靜地守著，護衛們在樂慶宮的圍牆外輪流巡視。昭沅爬著雲升到半空。皇宮看起來並沒有甚麼不尋常，無形的陰鬱之氣扎進他的皮膚，游入他的血管，像當日在少青山頂一樣，讓他煩躁難當，腹中的龍珠散發出一陣陣熱力，抵禦著這股狂亂，使他稍微鎮定平靜下來。

昭沅拍著雲彩四處尋找琳箐，卻不見她的蹤影。也許琳箐散心去了，昭沅想。他察覺到琳箐白天時很不開心，猜測她可能在凰慈宮中看到了樂越與澹台容月之間的甚麼。

杜如淵暫時住在定南王在京城的府邸中，商景和他在一起。昭沅蹓了一圈兒，也沒有見到應澤。他只得駕著小雲回樂慶宮去，樂慶宮的上空，九凌七彩流光的身影靜靜矗立。

昭沅在他近處停下，聽得九凌問：「今夜，其他幾個都不在皇宮中？」

昭沅點點頭，不由得問：「你為甚麼會在……」

話問了一半，他自己都覺得愚蠢，立刻收住口。護脈神是要陪在守護之人附近的。昭沅想起，以前的夜晚，他或樂越睡不著覺，總會在外面遇見洛凌之。

九凌淡淡道：「你又為何不睡，半夜到外面來？」

昭沅老實回答：「我察覺皇宮中的氣息有些不尋常，所以出來看看。」他直覺這些氣息不是九凌搞出來的，九凌就算想對付他，也不會使用可能波及樂越的法術。

九凌微微皺眉：「不尋常？你確定？」

昭沅肯定地點點頭。

九凌凝神細察：「爲何本君沒有察覺。是整個皇宮都有，還是只有樂慶宮？」

昭沅道：「整個皇宮都有，樂慶宮這裡，好像濃重些，還有……」他看著樂慶宮的宮院，突然想到了甚麼，急忙撲向後殿。

九凌的身影頓了頓，隨即與他一同前往。

應澤裹在一團小黑雲中，在皇宮上空隨意飄蕩。

天黑的時候，琳箐黯然地路過他的身旁。應澤一眼就看出，小麒麟受了情傷，但他老人家沒有吭聲。他只是沉默地目送著琳箐飄向附近寂寞的山林。

小麒麟須要冷靜一下。

神仙愛上凡人絕對沒有好下場，這條真理只能讓後生小輩們自己慢慢領悟。

昭沅沒頭蒼蠅一樣四處亂找他更瞧見了，他只管把自己的氣息隱藏住，他想獨自待著，不被任何人打擾。

自從進了皇宮之後，應澤的心緒就莫名地紛亂，有些影像會突然浮現在眼前，搞得他很憂鬱。

這些影像應該屬於他被釘在雲蹤山下前遺忘的過去，想拼起來，又缺了甚麼。

是關於那個青衣的使君？

他與卿遙的影子時常會在他眼前重合。

青衣、長衫，隱藏在濃霧中也能感受到的溫和笑容。

還有那相似的聲音。

「將軍……」

「將軍……」

「澤兄……」

以及……

雪亮的劍光閃現在眼前，應澤體內的戾氣又開始喧囂流竄。

他永遠都記得。那時，卿遙有事要回師門，邀請他一同去看少青山的風光。

應澤心中十分不屑，他天生就是神，對這些想要修煉成仙的碌碌凡人總有些看不上。但他還是和卿遙一同前去了，配合卿遙御劍的速度，到了那日傍晚，才到了少青山腳下的某個小鎮。

結果，他沒看到卿遙口中描述的悠閒美景，反而看到光禿禿龜裂的土地和灰頭土臉逃荒的凡人。

他和卿遙到鎮中打探，得知這裡已經有快一年沒有下過雨，莊稼顆粒無收，井水乾涸，清玄派幫忙施法求雨也沒結果。應澤在街上隨便蹓躂，瞧見一群人正在拆一座神祠，把裡面木雕的神像拖出來燒掉。應澤踱過去看熱鬧，只見熊熊的火苗中一顆正在烤焦的木雕龍頭。

鎮民說，這座神祠是龍王廟，乾旱以來，鎮民們向祠中敬獻過無數牲畜供奉，依然一滴雨也不下，可見甚麼龍王管雨都是假的，不配享受供奉，要祂嘗嘗火燒的滋味。

龍無能，不會下雨這話讓應澤覺得龍族的面子有些蒙羞。他要讓凡人看看，龍神的威力到底有多高。

於是他招來了幾片雲，打了幾個閃雷，颳了點風，下了場瓢潑小雨，順便在半天空現出原形，讓無知的凡人們見識了一下。

也不過就是這麼比芝麻還小的一點點事情，他做完後立刻丟在腦後，與卿遙一同去清玄派了。結果，剛喝了兩罈清玄派私藏的好酒，一覺還沒睡醒，幾個天庭派來的後生小神仙就帶著一群更弱的小天兵將他團團圍住，拉開一個陣勢，說他犯了天條，要拿他回去。

他老人家自然是嗤之以鼻。

當年老子叱吒風雲、三界縱橫的時候，你們還都是一把灰一股煙不知道在哪裡，現在居然在老子面前談天條？

欠調教。

於是他就動爪調教了一下，小後生們傷了幾個、殘了幾個，連滾帶爬地撤了。然後引來了更多的小後生。

應澤不禁疑惑。天庭這些年，到底是怎麼訓練小神仙的？一個一個，歪瓜裂棗一樣，兵器使得稀爛，仙法更是一塌糊塗，除了叫陣的時候聲音響亮，一無是處。幾道雷一劈就橫著躺下了，三招都吃不住。

打寒潭出來之後，應澤一直沒有與天庭接觸，也沒有神仙找過他。應澤想，畢竟他是戴罪之身，可能天庭已經決定放逐他，取消他的仙籍。他也就不去主動打聽天庭的種種。從這些小神仙的身上，他總算看到了目前天庭的現狀。

這些稀裡嘩啦的小後生讓他很心痛，很為天庭的將來擔憂。

一心痛，一擔憂，心情便開始有一點點陰鬱，力道不免稍微重了那麼一點點吧，小後生們不中用地躺下了一片。

剩下寥寥幾個沒躺下的，拖著躺下的，奔回天庭去了。

應澤對著他們奔逸的背影語重心長地叮囑：「回去告訴你們現在管事的，好好教教你們。」

卿遙袖手旁觀，應澤當時沒有在意他不太尋常的神色，還以為卿遙皺起的雙眉是擔憂他犯下的天條。

他笑嘻嘻地拖著卿遙去附近的山上喝酒，大口灌著酒告訴卿遙莫要擔心。

「這點小錯，在天庭不算甚麼，按照調教後輩的規矩，我出手再重些都沒事。」他看著天空，一時有些出神。

卿遙問：「你看見了甚麼，還是想起了甚麼……往事？」

應澤晃晃酒壺：「不是。我只是……」

他想告訴卿遙，他只是突然發現，做凡人真的很不錯。他不介意在這個凡間一直待下去，和某個人一起遊歷各處、共飲同行。

可這句話他沒能說出來，他僅說到了只是那裡，便停下了，一把劍插進他胸膛正中央。

是卿遙的劍。

所插之處是應龍的心所在的地方，也是唯一能傷到應龍的命門。

他曾告訴過卿遙。

「你們凡人的心偏，應龍的心卻是正的，正正地長，最容不得歪門邪道。」

山的四面八方和頭頂上空出現無數天兵，將他密密圍住，應澤的意識漸漸失去。

爲甚麼？

幾百年了，他就想問卿遙這句話。

是你說的，不願做神仙，只想做凡人。

是你說的，願與澤兄爲友，遊歷天下山河。

到底爲甚麼？

在蛋裡，他發過誓，有朝一日，破殼而出，就算顛覆天庭、打倒玉帝，掀翻三界也要找到卿遙，問他那樣做的緣故。

問他到底哪句話是眞，哪句話是假。

等出殼之後，他又有點不想問。

他還記得最後看見的卿遙的面容，眼神和神情都很陌生、很複雜，以他數萬歲的年紀，竟然看不透。

此刻，應澤想，也許他對天庭的憤怒、對卿遙的恨，其實只是不願意面對一個事實——

千萬年來，從未有人與他眞心相交。

他只是一條孤獨的應龍。

應澤裹在黑雲中，蕩在後宮上空。

風，將一絲血腥氣送進他的鼻端。他的腳下，是皇后居住的凰坤宮。

宮院中，燃燒著一個火堆。皇后正一邊痛哭，一邊將一條條絹帕丟進火中。

絹帕上都染著血，是和韶生前咳出的血。和韶曾擔心自己病得太過嚴重會使得群臣以此逼他退位，便時常讓小宦官偷偷藏起一些染血的絹帕，皇后把這些絹帕收在自己宮中，每每看著流淚。

小宮女哽咽道：「皇后娘娘，這一燒，先帝的病痛就都去了，先帝在天上，或來世，必定會健健康康的，無憂無慮。」

皇后哭道：「可我永遠都見不到他了。」

火焰冒出煙霧，瀰漫，上升。

應澤將自己沉浸進濃重的黑暗。

應龍是龍中的異類，氣息與仙和其他的龍族不同。註定不會被仙界所容。

爲天界做再多，他們也只當你是潛藏的禍害，防備你，猜忌你，隨時準備將你除掉。

我們生著雙翅，就要無拘無束，率性自由！

應龍的心是正的。正，就是要堂堂正正、昂首挺胸，不被約束地活！

難道只有從天，才能正？

難道只有向天庭俯首稱臣，才叫正？

錯，三界之中，只任我自在叱吒，才是真正的正！

昭沅和九淩到了樂慶宮後殿，陰暗的氣息越發濃重湧來，昭沅打了個寒顫，龍脈在龍珠中不安地衝撞，昭沅張開口，呼地吐出一簇火焰。

火苗觸碰到那棵槐木，非但沒有燃燒，反而一下熄滅，陰森之氣更加狂亂地湧動。

九淩終於也察覺到了，揮袖甩出一道虹光，陰氣翻騰扭曲，九淩抬手欲施法術，夜空上的陰雲突然瘋狂地湧聚，一道幾乎能刺瞎雙眼的閃雷亮起，驚天動地的滾雷炸開，整個皇宮在顫抖，不遠處的天空出現一條巨大黑色龍影，展開雙翼。

樂越一骨碌滾下床，推開連滾帶爬躲進殿內的宦官護衛，奔到門外，在幾乎讓人站不住的狂風中看見了那條正在越變越大的龍影。樂越立刻從懷中抓出《太清經》，翻開書頁，金色的字符升起，與此同時，一個七彩光罩在上空張開，罩住整個皇宮，七彩巨鳳清鳴一聲，撲向巨龍。

半天空中的應龍翻轉身體，甩動長尾，九淩被他甩開數丈，光罩扭曲。

《太清經》的字符還未衝出光罩，便被撞得粉碎，樂越急中生智，運起《太清經》中的基本心法，唸誦其中法訣，書頁之中，再度浮起字符，穩穩地上升，受著樂越意念操控，盤旋纏繞向天上咆哮的應龍。

應龍狂躁地長嘯，再度猛地甩身，九凌所布的光罩立刻粉碎，鳳身翻滾著飛跌下墜，昭沅裹著金色光球擋住九凌飛墜的身影。與此同時，一道火光從天而降，甩滅天上的電光。琳箐踏著彤雲站到昭沅和九凌身側，商景巨大的龜影也出現在半空，一個綠色光罩嚴密地護住皇宮。

琳箐大聲道：「老龍怎麼又發狂了呀，誰刺激他了！」

昭沅噴出一口龍火：「我和九凌都沒有刺激他，他突然就這樣了。」

琳箐飛快地瞟了昭沅身邊的九凌一眼。

九凌化成人形，道：「的確如此，可能是他自己刺激了自己。」

嘭！

纏繞著應澤身體的字符全部粉碎，琳箐的長鞭脫手被狂風捲走，身形不受控制地飛出，幸而一隻手擋在她身後，穩住了她的身體，九凌的聲音在她耳邊道：「沒事吧。」

琳箐站直身體：「沒事，多謝你，眼下收拾老龍要緊，不管有甚麼恩怨，我們暫時都放下，聯手打吧。」

九凌抽出了腰間的長劍：「我正是此意。」

琳箐一把抓起昭沅，往下一丟：「你留在這裡也只能拖後腿，回去護著樂越吧。」

昭沅自知眼下法力不濟，乖乖鑽進商景的光罩。

天空上，應龍的身軀越來越巨大，琳箐與九凌一邊閃避一邊試圖攻擊，卻根本近不了應澤的身。

樂越捧著《太清經》看向天空，喃喃道：「不行……」他注意到，應澤的雙目是緊閉著的，他的甩身和咆哮，都像是在努力自我克制，而非滅天覆地。

但，就是這樣，他們已經抵擋不住。

好似是被老龍影響，樂越的心中也不斷地湧起與那日在少青山頂發作時相似的狂意，只因手上的《太清經》才使他一次次地冷靜下來。

樂越趕緊再度運起心法，唸誦法訣，昭沉吐出龍珠，懸在樂越頭頂，將法力輸送入他體內。書頁上升起的字符越來越多、越來越亮，迅速匯成一條金色的鎖鏈，套向天上的應龍。琳箐、九凌與商景的法力合爲一股，輔助著經符的鎖鏈，一起網住了應澤的身體。

應澤的咆哮漸漸停止，身軀也停止了翻騰。樂越鬆了一口氣，稍稍把心收回肚子。

應澤一直緊閉的雙眼，卻在這時，睜開了。樂越打了個激靈。那雙眼，是暗紅色，幽幽地在一片漆黑的上空亮著。

被這條鎖鏈捆綁的感覺，應澤很熟悉。

幾百年前，他就是這樣被捆住的。

還有……數萬年前……

「將軍，我未負你所託。」

……

「殺！務必將他斬殺！」

「斬下他的首級！讓他粉身碎骨，灰飛煙滅！」

……

「澤兄，抱歉……」

「卿遙，他在哪裡？」

護在光罩中的皇宮又劇烈地抖動起來。

「這本書，是卿遙的？卿遙在哪裡？」

樂越勉強站穩身體，集中全部意念誦讀著《太清經》的經文。

應澤暗紅雙眼越來越亮，漸漸變成血紅，燃燒起無盡的凌厲與憎恨。書頁上的符文剛剛浮出書頁便粉碎湮滅。

「背叛！全都是背叛！！！」

商景張開的光罩支離粉碎。樂越感覺一股大力擊到胸口，身體不由自主飛跌落地，《太清經》脫手飛出，一股腥味湧到嘴邊。

昭沅厲嘯一聲，拚出全部法力擋在樂越身前。

一道雪亮的電光擊倒了琳箐，穿過九凌的身體，直劈向樂越，昭沅吐出龍珠撞向閃電，耀眼的光芒迸出，龍珠喀喇碎成粉末，與電光一起消融在空中。

龍脈像一團金色的棉花，和昭沅僵硬的身體一起墜落。

樂越感到左手連接血契的位置一陣燒灼的疼痛，那條血契線迅速地變淡、變細、不見，樂越張嘴想嘶吼，卻甚麼也喊不出。

此刻，更亮的一道電光正向著他的天靈蓋劈來！

樂越閉目待死，危急時刻，一道銀色光網罩在他身上，擋下了那道閃電。

樂越木然抬頭，卻見半天空中，有四個身影乘風而來，手拿拂塵，長衫飄飄，竟然是他的師父鶴機子和三位師叔。

師父和師叔們指尖的仙光聚成銀白的光網，罩向應澤。

隱雲子喝道：「應龍，你殺戮無數，天庭仁德，饒你不死。你若不幡然醒悟，再造殺孽，便將粉身碎骨，灰飛煙滅！」

應澤放聲大笑：「好！眞好！本座爲天庭出生入死，戰功累累，卻變成了殺戮無數，全靠天庭仁德，饒我不死。這樣沒有道理的天，留它何用！這樣沒有道理的世間，滅了便罷！」

他猛然昂首，無數電光爆裂！

鶴機子低吒一聲，一物從九霄天外飛來，劈開雷電。

樂越撲倒在地，雙目疼痛難忍，琳箐、九凌和商景一個接一個跌落在他身邊。

半空中，竟然懸著一把碩大的——劍。劍身寬厚，仙光四射，柄上雕刻著一條昂首呼嘯的應龍。

松歲子道：「應龍，你可認得此物？」

應澤定定地看著它：「本座當然認得。」

劍身上浮起隱約的景象，一個魁偉的身影站在戰車上，手持此劍，馳騁於天地間，一劍揮去，無數妖魔污血四濺。

應澤的頭像要裂開一樣疼起來：「雲蹤！將我釘在人間千萬年的雲蹤！我的佩劍雲蹤！我用它斬殺了無數的魔族，你們竟用此劍對付我！」

他憤怒地甩動龍尾，雲蹤的劍身顫抖長鳴，鶴機子大聲喝道：「應龍，此刻你竟還不醒悟！這雲蹤眞的是你的佩劍!?」

應澤猛地僵住，雲蹤錚鳴著彈起，徑直向他首級斬下！雪亮劍光劃開一直籠罩在某處的迷霧。

「應龍，快快想起你的眞名！」

「你爲天界做再多，他們也只當你是潛藏的禍害，防備你、猜忌你，隨時準備將你除掉。三界之中，自在叱吒，才是應龍的正！」

「此種想法太偏激，有仙者不識我們應龍，這是他們的錯。因爲被錯看了，就走上錯路，這才是低了我們的身分。任憑誰怎麼看，我們只做我們認爲對的。」

「你認爲向天庭俯首稱臣，忍氣吞聲是對。我以爲隨性自在是對。所以你應澤和我應沐，從今後不再是兄弟！」

……

「應沐，我念在昔日一場相交，給你一個機會，你卻因此使詐？」

「交情？仙和魔談何交情！戰場之上，更沒有兄弟。三界之中，早已不存在應沐，只有貪者。」

……

「殺！務必將他斬殺！」

「斬下他的首級！讓他粉身碎骨，灰飛煙滅！」

……

「將軍，我未負你所託。」

……

想起來了，那個青色的影子，數萬年前，曾將一把長劍插進他胸膛正中，就和之後的那次一樣。

他之前從未見過這個仙者，只聽說天庭派了一名仙使到應澤身邊，名爲輔助，實爲監視。

愚蠢的應澤！

應龍是龍中的異類，氣息與仙和其他的龍族不同，註定不會被仙界所容。

這句話他告訴過他很多遍，可應澤一直執迷不悟。

可笑！愚蠢！

假如那時你和我選同一條路，何至於有今天？

可爲甚麼我會將自己當成你？

本座怎麼會是愚忠於天庭的蠢材應澤？

天界那幫宵小一定永遠都記得本座的名字——貪耆。

向來不從天，不從地，只從自己的魔帝貪耆。

很久很久以前，本座還有個名字叫應沐。

鶴機子長長嘆息：「貪耆，你被封壓在人間千萬年，鎭著你的雲蹤劍銘刻著應澤的記憶，滲透進你的身體中，竟模糊了你的神智，讓你把自己當成了應澤。可不論雲蹤，還是九遙，都始終無法化解你的魔性與戾氣。」

九遙？這是卿遙的本名？

當年在寒潭邊，那友善的笑容，還有之後的種種，果然全是假的。

在寒潭的相遇就是一個設下的局。只是爲了監視防範，在他將要恢復記憶之時迅速將他滅殺。

「澤兄。」「澤兄。」

叫得眞是親切，能對著魔帝貪耆，若無其事地喊著這個名字，虛情假意地演著情眞意切，這等境界，不愧是天庭有爲的仙君，青鳳使九遙。

應沐冷笑數聲，幻化成一個身形碩長的男子，黑髮、黑色長袍，與墨黑的天空融成一處，暗紅的雙目寒意閃爍。

雲蹤在半空錚鳴盤旋，再度自動劈向應沐；應沐抬起手，輕描淡寫地一拂，竟一把將雲蹤牢牢握進手中。雲蹤的劍身劇烈顫動，應沐冷笑道：「本座會被你釘在寒潭下數萬年，乃是因為你們的仙帝浮黎親自出馬。你的主子尚且不是本座的對手，何況你區區一把兵器！」

說話間，手中黑霧電光閃爍，劈里啪啦電著雲蹤的劍身。

雲蹤錚錚悲鳴，終於停止了顫動，劍身靈光全無，變得暗沉破舊。

應沐輕哼一聲，隨手把它往下一拋，雲蹤在空中翻了幾個跟頭，插入樂越身側不遠處的地面。

應沐睇起眼：「爾等所謂青山派的道士，到底是天庭的哪路雜碎，也該顯出原形、報上名了吧？」

鶴機子四人互相對望一眼，隱雲子率先向前施了一禮，破舊道袍化成了織錦長袍，頭戴方巾，面目慈和：「小神隱雲，乃少青山土地，奉天庭之命鎮守此方。」

竹青子與松歲子的模樣亦大變，一個身穿碧青長衫，清癯消瘦，一個著暗綠長袍，虯髯蒼蒼：「吾等並無天庭封銜，不過少青山上一竹一松兩棵老樹罷了。」

應沐陰寒的目光掃向鶴機子：「有土有樹，還差一隻鳥。」

鶴機子從容摸了摸長鬚，模樣漸漸變幻。長鬚消失不見，束起的花白頭髮變成了漆黑長髮，半束仙冠，半垂於肩，滿臉的皺紋溝壑消卻，取而代之的是一張端正清雅的年輕容顏，寬大袍袖直垂到雲上，潔白無瑕的長袍邊緣鑲著寬闊黑邊。

「小仙白棠，乃玉帝座下一名鶴使。」

樂越看著天，心中早已一片木然。

昭沅直僵僵地躺在他的手中，龍珠碎了，龍脈光彩全無地蓋在他的肚皮上。

琳箐、商景和九凌重傷。

應澤變成了貪耆。

師父和師叔是神仙。

師父是神仙，爲甚麼要從涂城之劫中救出他？爲甚麼一直不表露身分？

樂越徹底混亂了。

他想起那日在牢中，師兄曾說過，師父不是原來的師父。

到底是鶴仙變成了鶴機子，還是鶴機子本來就是鶴仙？

先是洛凌之，再是師父。

在這局紛亂難解的棋中，他樂越到底算個啥？

一開始，他曾以爲自己是個將。

後來發現，可能不過是個車。

再後來連車都不是，變成了炮。

現在他明白了，自己就是個卒。

天上，貪耆已經與四位神仙打了起來。

樂越兩眼發直地看著電光一道道地閃，響雷一個個地炸，紅的綠的黃的白的黑的仙光、戾氣來來往往。

琳箐撐起身體皺眉喃喃道：「不行的，他們肯定打不過老龍。」

九凌苦笑道：「貪耆一出，覆天滅地，數萬年前，天庭損失無數天兵才將其擒殺，怎可能是我等所能企及。」

琳箐拍打額頭：「可天庭的典籍明明記載，貪耆被應澤斬殺了，浮黎仙帝為了懲罰應澤洩露軍機之罪，把他壓在雲蹤劍化成的山下，永不得自由。怎會……」

商景甕聲道：「或許是天庭擔心貪耆未滅的消息洩露，有意稱貪耆為應澤，這也在情理之中。」

琳箐仍是不解：「那麼眞正的應澤，在何處？」

天空上，隱雲、竹青子和松歲子的身上都已處處血痕，難以站立，鶴機子身上也傷了數處，但閃避攻擊，還算游刃有餘。

貪耆袖手站在雲上，一動不動，看著他們四個躲避罡風雷電。隱雲怒喝一聲，甩出拂塵，貪耆抬手彈開，淡淡道：「爾等小卒怎配做本座的對手。本座不願以大欺小，你等且去，讓應澤來會我。」

白棠身形頓住，神色複雜：「貪耆，在數萬年前與你的最後一戰中，應澤將軍被你所殺，閣下竟忘了？」

罡風雷電，一瞬間止息。

貪耆暗紅的雙目再度變成血紅。

不可能。

最後一戰之時，應澤率天兵將他包圍，他記得在激戰中，他只用手中戰杖重擊了應澤一下而已。之後，他和其餘的小天兵們交戰，直到最後，那名青鳳使偷襲了他一劍，應澤都沒再出現。

「應澤怎麼可能接不下我那一杖！他絕對沒有死！」

白棠緩緩道：「事已至此，我何必欺騙閣下？當日親歷過那場大戰的仙者都可以作證。應澤將軍為了擒拿閣下，抽出自己的龍筋、龍骨祭煉成劍，交託於青鳳使。因此他法力大損，在戰場上被你擊殺殞亡。」

貪耆踉蹌後退一步，數萬年前，他被那柄長劍刺中的情形清晰地重現。長劍的劍鋒很利，切入他的心時居然沒多少疼痛，反而有種莫名的熱流蔓延到他全身，之後，他就甚麼都不記得了。

應澤的龍筋和龍骨煉成的劍？對應龍來說，最好的靈藥就是同族的筋骨。

應龍的龍筋和龍骨既是至強的利器，可以穿透他身上的魔甲，又是能夠維繫應龍性命的藥材。

他為甚麼要這麼做？

貪耆的記憶回溯到那場大戰之前更遙遠的年代。

他和應澤都還年少，因同為應龍，從小一起長大。

應龍繁衍後代的能力不強，那一代，只有他和應澤兩條小龍，雖然不是親兄弟，卻像親兄弟一樣互相扶持長大。

應龍天生帶著戾氣，其他神族與他們打交道時，態度雖然客氣，卻明顯帶著防備和窺察。別的龍族也不讓小龍和他們玩耍。

應沐和應澤偷聽得知，因為應龍嗜戰，龍神們害怕自己的子女沾染上應龍的戾氣。

應沐和應澤都異常氣憤，發誓成為三界之中最強的戰將，並且立下誓言，永遠做兄弟，絕不互相背叛。

結果，同樣的願望，應沐與應澤卻選了不同的路。

天庭徵召武將，應澤居然要去參加甄試。應沐大為不解：「天界不容我們，你為甚麼還要去做他們的走狗？」

應澤道：「天界防備我們，是不瞭解我們應龍，假如他們知道，應龍除了嗜戰之外，更有一顆比誰都正的心，就會改變對我們的看法。」

應沐實在不能理解應澤為甚麼要執著天界的神仙對他們的看法。那些傲氣的仙者看不上他們，他也不需要他們看上。

天不容我，我也不容天。

應澤與應沐爭執得十分激烈，誰也沒爭過誰。

應沐便懶得再攔應澤，任由他去甄選天兵了。聽說應澤中選了，他還在心中竊喜，天界的那群仙者，他看得再透徹不過，應澤就算比驢還能幹，那些仙也不可能待見他。

果然不出他所料，應澤在天庭幹活比驢多，受氣比海深。每次聽說天庭仙者聚會，應澤不能入席，或者有別的仙犯錯推拖到應澤身上等事情，應沐都會特別愉悅，酒也多喝兩碗。

應澤去當天兵後，應沐在陰山與陽界交匯處建了個洞穴，憑借武力收服了一大票手下，從陰界到陽界都佔了滿大的地盤，無數精怪來投靠他，敬他為大王。

應沐覺得大王這個頭銜氣魄稍有不足，便自封為帝。意為，你天帝又怎樣，我也可以做帝。隔壁也有幾個魔自封為帝，其中最大一頭應沐也戰不過的老魔，主動相邀應沐，一起奪下天界、掌控三界。

應沐不喜歡被旁人管，但也不太愛管旁人，對掌控三界興趣不大，便婉言拒絕，繼續做他自在的應龍帝。

他滿心希望應澤能幡然悔悟，早點回來，與他一起逍遙快活。

在一個風雨交加的白天，應澤來了。劈頭一句話就是——「應沐，醒悟吧，脫離魔道，尚且為時未晚。」

應沐十分愕然。

應澤的表情異常痛心疾首：「魔道並非正道，你為何會墮入其中？與天庭為敵，結果只有覆亡。抽身吧。」

應沐不由得怒了。老子只是看不慣仙，不拜玉帝，在陰界凡界圈點地盤自己過日子而已，沒招你們也沒惹你們，怎麼張口便是墮落覆亡？你去做神將的時候我雖看不慣也沒攔過你吧。

「難道要和你一樣在天庭做驢才叫正道？肆意三界，自在做條應龍反倒叫魔道？」

應澤仍是痛心疾首地道：「天庭已知道你們的反意，戰事一起，必將禍害三界眾生。歸降天庭吧，我會與你同進退。」

應沐怒火中燒，與應澤大打了一架，誰也沒輸，誰也沒贏。應澤臨走前還苦口婆心地叮囑他慎重考慮。

應沐盛怒之下，去了陰山之頂，向最厲害的那位老魔道：「要反天庭麼？算本座一個！」

他立刻受到熱烈歡迎，老魔與他稱兄道弟，應沐道：「只是有一樣，開戰之後，本座與我洞中的孩兒們，只打應澤。」

然後他就捲進了仙魔大戰。

天庭兵力到底多，稍弱一點的魔部逐漸被除去，應沐在戰場上與應澤交兵數次，仍然難分勝負。他驍勇無匹，天庭稱他爲魔帝貪耆。

應沐覺得這名字挺好的，他的確胃口不錯，挺喜歡吃，寫起來又比他的本名氣魄。他自己也開始用這個名字。

一個夜晚，應澤又一次單獨出現在他的帳中。

應澤是來通知他，天兵、天將們在某地做了個圈套，欲引所有魔部進入而後擊殺。

應澤摸出一個包裹，放在桌上：「我知道你必定不願意降。那你就走吧，這些是我在天庭中積攢的一些細軟，你潛藏氣息，到荒蕪之地暫避些時日，我會再爲你想辦法。」

應沐沒拒絕也沒答應，應澤道：「也罷，明日子時，你我在陰山腳下見，答應或不答應，你給我個回覆。」

應澤走後，老魔來見應沐，給他看了點從一個仙者身上搜出來的東西，上面寫著明日子時在陰山腳下集結，滅殺貪者。

應沐有些不相信，可他提前去陰山腳下探查時，那些埋伏在暗處的仙者讓他不得不相信。

他不動聲色地帶領手下滅掉了那些仙者，再假裝甚麼也不知道前往赴會。其實卻是計中計，做了個圈套等著天兵。

應澤還在和他假惺惺地喝餞別酒時，老魔已讓數十萬天兵灰飛煙滅。

戰報傳來，應澤手中的酒碗跌落。

「應沐，我念在昔日一場相交，給你一個機會，你卻因此使詐？」

「交情？仙和魔談何交情！戰場之上，更沒有兄弟。三界之中，早已不存在應沐，只有貪者。」

……

後來他才發現，當天的那些證據是老魔造出來的，目的是爲了讓他與應澤眞正反目成仇。

應沐沒有後悔，當時也已經沒了後悔的時間。天庭命應澤戴罪立功，派了一名仙使督管他。應澤終於率領鋪天蓋地的天兵將他包圍。

血戰數天數夜之後，他一杖擊中了應澤，那名青衣的仙者一劍刺進了他的心臟所在。他被應澤的佩劍雲蹤釘封在凡間數萬年。長劍上銘刻的應澤記憶竟滲透進他體內，抹煞了他的意識，讓他忘了自己是誰，讓他以為自己是應澤。

萬年之後，突然有一天，捆綁他的鎖鏈斷開。

他浮出寒潭，見得一人向他微笑道：「兄台可願一道共飲？」

那人問他：「不知兄台如何稱呼？」

他回答：「本座名叫應澤。」

那人神色頓了頓，繼而繼續微笑道：「此名甚是瀟脫，在下卿遙。」

貪耆緩緩瞇起眼。

「卿遙，也就是青鳳使九遙，數萬年前刺傷本座，數萬年後再次鎮封了我，玉帝應該會重賞他吧？」

白棠的神色再次變得很複雜：「九遙仙君四百多年前就已殞亡了，封住閣下後，灰飛煙滅。」

九遙在數萬年前封住應沭時便受了重傷。倖存一絲仙元，天庭將他的仙元養護起來，投入輪迴。當日應澤祭煉的少青劍在鎮封了應沭之後又化成了一堆龍骨和龍筋，最終變成凡間的一座山脈，名叫少青山。

這座山上有龍的氣息，天庭為這裡挑選的土地神也與別處不同。引來了有心向道的凡人在此修煉。天庭選出竹、松二仙攜帶天書數卷，點化有靈根之人，成立了清玄派。再將九遙的仙元投入輪迴，重塑魂魄，引入清玄派修煉，等待重新飛升成仙。

可轉世的青鳳使與前世性情大不相同，無心求道，只愛四處遊山玩水。卻在無意間到了封存另一魔物的靈固村。

再之後，就是樂越與昭沅夢中所見的何老、百里臣、慕綸盜寶之事。

靈固村的妖魔被放出，卿遙想起了前生是仙的過去，斬滅了魔族。

他追尋著雲蹤的氣息，到了寒潭邊，悼念應澤，卻在無意間放出了應沐。

「九遙仙君一直爲你隱藏氣息，直到那次閣下私自降雨，戾氣被天庭發現，他用鎮封之法將你封住，仙力耗盡，灰飛煙滅。」

貪耆厲聲長笑：「聽你所言，竟然是卿遙保了本座的命？哈哈，原來數萬年前，應澤保住了我的命，數萬年後卿遙保住了我的命，他們甚麼都對，唯有我樣樣皆錯！」

白棠道：「小仙本與此事無關，十幾年前，因爲一個意外，方才進入清玄派，參與鎮守閣下，得知種種祕密。我沒必要欺瞞閣下。過往種種，孰對孰錯，小仙沒有資格評判，應澤將軍、九遙仙君與閣下究竟是朋友還是仇敵，也唯有你自己斷定。」

貪耆後退一步。

朋友？仇敵？如何分辨？

他以爲的朋友，總會殺他、砍他、算計他。他當成了仇敵，又會被告知，那些殺他、砍他、算計他的，都是爲了他。

到底甚麼是對，甚麼是錯？

到底甚麼是敵，甚麼是友？

應澤用龍筋和龍骨煉成的劍刺穿了他的心臟，又讓應澤的仙力永遠留在了他的身體裡。所以在寒潭下，雲蹤銘記的應澤記憶才會融進他的心中、抹煞他的神智。那些本應是應澤的記憶，還留在他心裡。

當他以爲自己是應澤時，一直記得貪耆曾是應澤的兄弟，即便用陰謀算計了應澤，應澤仍然想留他一條性命。

而幾百年前，那個與他稱兄道弟的人，到底是爲了監視，還是眞心相交，他也無從分辨了。他只想記得那時的笛聲很美，那時的酒很濃。

一切無從分辨，那就不分辨了。

那些騙過他、害過他，又據說是爲了幫他、爲了救他的應龍和仙已成塵埃，湮滅於天地間。

貪耆的身體又幻化成巨大的應龍，張開雙翼，龍吟震徹三界。

只剩下白茫茫一片，空曠虛無。

虛無，就是天滅，地覆，萬物皆無。

樂越手邊的《太清經》突然碎成粉塵，在半空中化成了一道虛影。

那影子青衫飄蕩，手握長笛，向貪耆喚道：「澤兄。」

本要顛覆天地的震動瞬間靜止，貪耆緩緩睜開雙眼，望向那道身影。

「果然，不到這一步你就不會出來。此刻你何須再作僞？本座不是應澤，是貪耆。」

影子嘆道：「姓甚名誰，當眞如此重要？許多年前，我也曾有此困惑。那時我在寒潭邊懷念將軍，竟無意間放出了你，你告訴我，你是應澤。那一刻我忽然悟了，同樣的字也代表不了同樣的人，去者已無可回，在此世者，卻仍有而今。」

在他說話間，那柄已光彩全無的雲蹤劍暈起淡淡光芒，擴散至昭沅身前，他肚皮上的龍脈像受到感應一般湧出歷代護脈龍神的法力，灌輸入昭沅的筋骨中。

貪耆眯起緋紅的雙目：「你用何種身分與我說這些話？青鳳使九遙，還是卿遙？」

影子飄揚的衣角漸漸淺淡：「只是殘留在世間的一絲魂魄罷了。不論是數百年前，還是千萬年前，前事已盡，來日方長。」

貪耆雙目中的血色減退些許又瞬間濃重：「你躲藏在書中，是想趁我不備時，再次給我致命一擊？」

影子抬起手：「澤兄可還記得這些？」他執笛作筆，在半空中虛畫，飄逸不羈的字跡一行行浮在空中——

立於世而樂於生，洞其明則清其心……

長樂欽欽，浮生闊闊，何計朝夕……

這是昔日卿遙與他遊歷山河時，討論道法所得的句子，他還曾嘲笑過卿遙怎樣也脫不了一股凡塵的俗氣。

那些句子聚在一起，變成書頁，合成一本書冊——《太清經》。

昔日的初代鳳君青鳳使九遙、後來的凡間道人卿遙，殘留下最後一絲意念在《太清經》中，實則只為了一件事。

「我想與澤兄說，能與你結緣，乃我此生至幸。」

飄渺的影子終於淺淡到不見，徹底消散在空中。貪耆赤色的雙眼一點一點變成幽黑，再度昂首龍吟。他已控制不住自己的氣，天地再度顫抖。

昭沅擺首浮起，擋在樂越身上，一枚七彩流光的珠子突然砸到他面前，九凌沉聲向他喝道：「快，此物能讓你重築龍珠。應龍無法自控，我等都不是他的對手，唯有你的法力與他相剋！」

昭沅瞧著那枚珠子，有些愣怔。

九凌揚袖彈出一道光束，七彩珠子在光束重擊中化成粉末，包裹住昭沅，星星點點的金光在昭沅周身浮動，他體內熱流上湧，張口吐出一道光焰。金色的光焰與星點匯成一處，化作一枚金光燦爛的龍珠，龍脈搖曳浮動其中。

與此同時，九凌、琳箐、商景、白棠、松竹二仙和土地神隱雲都抬起手，法力匯聚成各色光束，灌注到昭沅體內。

昭沅長嘯一聲，身體在撕裂感中暴脹，化作一條金色巨龍，直衝入天上，纏繞向狂躁的應龍。

一金一黑兩條影子在天空中翻滾，大地在轟鳴聲中裂開縫隙。昭沅耳中傳入貪耆的聲音：「還記不記得本座教你的東西？」

昭沅猛然憶起，貪耆曾以教導的名義教他對抗應龍之氣的辦法。

昭沅集中精神，將法力凝聚在一起，一道熟悉的力量纏繞住他的龍氣，狠狠地拖出他全部的法力，撞向貪耆身體的某處。如同昔日，貪耆教導昭沅練習法術時一樣。

撲天戾氣驀然凍結，慢慢慢慢裂開縫隙，一絲、兩絲，轟然潰散。

天地的震動靜止了。

應龍從空中跌落向塵埃。

一些零碎的片段浮現在眼前，似是千萬年前，他還是小龍時，與應澤較量法術，失足從雲上落下，應澤拍打著短小的翅膀，拚命追趕下墜的他：「阿沐！阿沐！」

轉眼，他身處戰場，被應澤逼下懸崖，應澤的手抬了抬，想拉他，又縮了回去。

又眨眼間，卻是他浮在雲上喝酒，卿遙在旁邊的高閣上倚欄站著，淺青的衣袂在笛聲中飛揚。

「阿沐、阿沐……」

「澤兄……」

那兩個令他刻骨銘心的身影交替出現。貪耆在恍惚中闔上雙眼。

應龍的身體在潰散中變淺，千萬年的孤獨即將消融。

一片、兩片、三片……忽而有紛亂的書頁從半空中落下，包裹向應沐即將煙消雲散的身體。接著化成了一枚卵，輕輕落在地面。

天空中陰霾散盡，重見晴空，大地閻慵，坍塌的屋舍和殿閣恢復了原樣，好像甚麼也沒發生過。

石磚的地上，透明的光卵中，匍匐著一條一寸長的小龍，黑乎乎的皮膚，雙翼耷拉在體側，好像一隻長翅膀的蜥蜴。

白棠俯身，捧起那顆蛋：「前塵盡去，從今後世上已沒有貪耆，只有重生的應沐。」

第十五章

倘若沒有是非、沒有恩怨、沒有謀算，
本君與你，
只是在凡塵俗世間的一段簡單塵緣，
那該多好……！

樂越醒來時，發現自己躺在床上，他在樂慶宮所睡的那張床，床前坐著一身金色長袍的年輕人。

那人見他醒來，便站起身，露出欣慰的神色。樂越也算見過不少相貌好的人或仙，但仍被眼前之人閃花了眼。

此人大約十八、九歲年紀，身形修長，淺金色長袍上繡著水草花紋，不及鳳神的袍服繁複精緻，卻透出異常的尊貴。相貌不像九凌那樣偏於清麗，而是華貴雍容，令人不敢逼視。

樂越實實在在從沒看過比他更好看的人，但偏偏覺得他很眼熟。

他按住太陽穴穩定泛暈的腦子，試探著問：「你是，仙？」

那人沒有回答。

樂越再看著那熟悉的水草花紋和衣袍顏色，以及熟悉無比的氣息，立刻脫口而出：「你是龍神！是昭沅的親戚？兄長？或者同族的龍？」

那人只是看著他，還是不回答。那雙漆黑澄澈的眼眸中浮動著樂越化成灰也不會忘記的神采。

樂越半張開嘴，從那華美無瑕的面容中尋找一些依稀熟悉的輪廓。

他終於，結結巴巴地，吐出一個不可能的名字：「你……你是……昭沅？」

那人浮起微笑：「樂越。」抬起左手，手腕上浮起一條金光燦爛的法線，綿延向樂越的左腕，打了個圈兒，緊緊纏住。

「法線重新修復，須要你先喊出我的名字。」

樂越不敢置信：「你真是昭沅？」他的身量竟比樂越高出了不少，樂越抓著他的胳膊左看右看，心裡有種複雜的情緒。

傻龍眞的長大了，出息了。可從一臉傻笑突然變得如斯華貴閃閃，實在有點怪怪的。

「嘿，你現在很有神仙派頭了，可以做仙官了。」

昭沅謙遜地笑了一下：「尚好。」從樂越手中抽出衣袖，到一旁的椅上端坐下。「你的身體還好吧，可有甚麼不適？」

樂越道：「沒有沒有，好得很。」坐到床沿，蹺起腿晃了晃，不知爲啥覺得不合適，又放下，也挺直腰桿坐正。「你身上的傷怎樣了？龍珠……碎了，沒事吧？爲甚麼這根線又連上了，而且比以前的還粗？」

昭沅笑了笑，吐出一枚金光燦爛的龍珠，龍脈變成了一條金龍的模樣，浮游其中。

樂越看得驚喜讚歎不已：「這比以前厲害多了，原來珠子碎了還能修的。」

昭沅道：「我要多謝九凌鳳君，是他幫了我。昨天變故太大，一言難盡。」

樂越終於忍不住嘿然道：「到底是長大了，講話用詞都不一樣了。」

昭沅收回龍珠，將那天樂越人事不知後的事情一一道來。

時已正午，樂越踱到門前，拉開門扇。門外宮人列序跪拜，晴空朗闊，宮闕寧和，絲毫看不出昨日與今朝已天翻地覆，滄海桑田。

樂越瞇眼看著爛漫的晴光。

眞的這樣便前塵盡去？老龍醒來之後，是否還記得昔日的應澤、昔日的卿遙，以及今日的自己等人，還是只當這些是無須罣礙的塵煙？

凡人到底無法理解神仙的境界。

何況他現在仍有疑惑未解。

有內侍進來服侍樂越洗漱更衣，其中一名內侍稟報道：「大理寺卿求見殿下，安順王府已查抄完畢，新得了一些證物，想請殿下過目。」

樂越道：「證物在何處？」

內侍避讓到一旁，喊了聲：「傳。」門外立刻進來兩名抬著木箱的小宦官。

內侍又道：「大理寺卿荀大人還在宮外候旨。」

樂越道：「今日本王尚有別的事做，證物留下看著，請荀卿先回吧。」

內侍應了一聲，出去傳命。

樂越隨手從木箱中取出一個卷軸展開，卷軸上題著一首詩，落款是安順王的名諱。

詩寫得甚是豪邁，字也非常灑脫。

昭沅站在樂越身側，低聲道：「琳箐讓我等你醒來後告訴你，安順王已在京城三百里外與定南王交戰，她和孫奔先去增援。她還說京城中可能會混入安順王的細作，讓你多多留意，皇城定要把守嚴密。」

有宮人在殿內，樂越不便回話，微微點頭，心下卻頗有些擔憂，那天琳箐和商景都受了傷，不知她現在傷勢是否痊癒。

樂越對安順王父子有些同情；說到底，這兩人不過是鳳君的棋子。如今鳳梧已死，這兩人已成棄子，要怎樣處置才好？

樂越閤起卷軸，解鈴還需繫鈴人，還是去找九凌相詢吧。

昭沅恰在此時又道：「九凌昨日受了重傷，在梧桐巷休養。白棠仙君也讓我待你醒來後告訴你，你若想知道出生時的前因後果，就到五鳳樓定南王處找他。」

樂越輕輕嗯了一聲，將卷軸放回木箱中，正要離開寢殿，忽然發現木箱內一堆雜物書冊下露出泛黃的一角。鬼使神差地，他伸手將其抽出。原來是一本老舊的黃曆。

樂越一翻日期，不由心中觸動。這是一本甲鳳年的黃曆，即甲辰年，正是他出生的年分。黃曆的某頁摺起，卻是血覆涂城的那一天。

樂越的雙手微微顫抖，將整本黃曆仔仔細細翻看，除了摺起的那一頁外，並沒有甚麼異常。他的手不由握緊了封皮，忽然察覺，這本黃曆的封皮有些異常，封底明顯比封面厚了些許。

樂越用刀子裁開封底，從其中落出一張平平整整的紙，上面題著一首詩——淒涼寶劍篇，羈泊欲窮年。黃葉仍風雨，青樓自管弦。新知遭薄俗，舊好隔良緣。心斷新豐酒，銷愁鬥幾千。

樂越神色大變，這字跡和昭沅從眼兒媚的周媽媽處換回的借據上的一模一樣。

不是安順王的筆跡，而是他父親李庭的筆跡！

樂越立刻拋下黃曆，將那張紙收進袖中，吩咐左右：「本王要出去走走，你等不必跟隨。」

走出樂慶宮，樂越在岔路口停下腳步，似是自言自語：「是去提審慕禎、找師父，還是到梧桐巷找九凌？」

立在他身側的昭沅一言不發。

樂越皺起眉毛：「我現在心緒煩亂，幫我拿個主意吧。」

昭沅凝視他：「我是護脈龍神，不該插手此事，須你自己做主張。」

樂越愣了一愣，悶聲道：「知道了。」大步向宮門外去，走了片刻，又折轉身。「還是先去五鳳樓吧。」

昭沅不作聲地隨著他走，心中十分欣慰。

他深知樂越的個性。樂越先選擇找九凌，說明他已將國事看得重於私事。而後又折返去五鳳樓，則是判斷出，白棠所隱瞞的祕密，說不定能夠解開所有殘留的謎團。

昭沅不打算太干預樂越的決策，他更願意看到樂越通過思考，做出正確的選擇。

軍帳外，一枚流螢從天上飛落，琳箐抬手抓住，驚喜地說：「樂越醒了。」

孫奔在她身後道：「既然如此惦記，回去看看不是更好？」

琳箐搖搖頭，將已經熄滅的光球塞回袋子中：「算了，眼下還是戰場這邊更重要，樂越那邊有別人看著。」

反正即使樂越醒來，最想見的人也不會是她。

五鳳樓內，白棠仍是鶴機子的模樣，與定南王在正殿內飲茶。杜如淵和商景在一旁陪坐。松竹二仙與隱雲土地神護送應沐回天庭覆命，只剩白棠還留在人間。

幾人見樂越來到，俱起身相迎。

樂越向白棠行禮：「師父。」

白棠欣慰地道：「樂越，你進此殿腳步未有凝滯，神色堅定，可見經昨日變故歷練，又成長不少。」

樂越問：「師父，你叫我到這裡來，是要告訴我甚麼眞相？」

定南王躬身道：「道長與樂王殿下有事要談，小王父子便先告退了。」

白棠卻抬手：「請王爺留步，我要說的前因後果，亦與王爺相關。」捋了捋長鬚。「樂越，為師未曾告訴過你我的身分，你可有怨恨？」

樂越搖搖頭，道：「師父沒有告訴我，定然有師父的道理，我知道師父一定是為了我好。但我也想知道，當年究竟發生了甚麼事。我被安順王關在靜室時，魯休師兄告訴我，師父不是眞正的鶴機子，師叔也不是眞正的青山派長老。其中究竟有何曲折？」

白棠輕嘆道：「此事一言難盡。」他身上仙光流動，回復成白衫飄飄的年輕仙者模樣，神色肅然。「本君的確不是眞正的鶴機子。樂越，你須記得，鶴機子道長是此世對你恩情最重的人，更是你應永遠敬重的師父。」

樂越仍在茫然，卻莫名有肅穆的情緒從心中生起。

白棠神情複雜地緩緩道：「這一切都因我的妹妹——荷仙而起。」

定南王與杜如淵神色陡變，白棠向定南王長長一揖：「舍妹荷仙愧對閣下，我早就想對杜王爺說這句話。卻因種種原因，耽擱了十幾年。」

樂越愕然，師父居然變成了杜如淵生母的哥哥，那麼他不就是……

白棠感慨地看向杜如淵：「十幾年過去，你已經長得這麼大了。你被樂越帶回青山派時，我就看出了你的身分，但在當時不便點破。荷仙的確不配做你的母親，卻不知你願不願稱呼我一聲舅父。」

定南王的眼神堅定無比：「鶴道長的障眼法使得不錯，但本王從不認識甚麼荷仙。」

杜如淵無奈道：「家父早年受的刺激太深，所以……」

白棠嘆道：「我知道。舍妹犯下的過錯可能永遠無法彌補。她的行徑令我族蒙羞，也讓天庭大多仙者不齒，這亦是她的報應吧。」

定南王面無表情，好像根本聽不懂。

白棠接著道：「舍妹本名白荷，後來做了侍奉仙娥，才有了荷仙的名號。我們的父母在南海侍奉，無暇顧及教養，我沒能好好教導她。那時，我聽聞她在凡間做下了這樣的事，還生下了孩子又拋棄，便打算下來解決，沒想到……」

白棠自慚其妹所做的事情，不敢將自己下界的意圖稟報天庭，只趁著某日玉帝召集眾仙飲宴時，偷偷出了南天門，直奔凡間。卻不想在前往南郡的路上遇見了血覆涂城。

當時，整座城池血光沖天，兵卒像發狂般屠殺百姓。白棠見鳳梧在城池上空盤旋，他認得鳳梧是護脈鳳神，一時不知是否是天庭授意的天譴。

「當時的情況令人目不忍睹，我卻因爲不知事情的原委就猶豫隱藏在一旁，未能上前施救。直到我看見一個尋常的凡人手拿長劍，與鳳梧相抗。」

那是個年逾半百的道人，鬚髮花白，身上已傷痕累累，他護著一群百姓逃出城門。他有些道法，官兵雖奈何不了他，天上的鳳梧卻衝他拍翅膀吐火。那道人拋出了一樣甚麼東西，勉強擋下火勢，喝道：「貧道敬天敬地修道法，不知還有這樣的天理！爾屠殺無辜百姓，妖魔不如，禽獸不如！終有一日，定會天雷擊頂，天火焚身，灰飛煙滅！」

鳳梧眯眼冷笑：「區區凡夫，螻蟻草芥，也敢出此狂言？」撲搧雙翅，半空中凝結起一個巨大的火球，眼看將砸向城池。道人騰空而起，揮出雪亮的劍氣，斬向鳳梧。

鳳梧厲鳴一聲，一爪抓在道人的胸口，翅膀卻被劍勢斬到。

白棠從未想到，一個凡人竟能對抗仙。他再也無法袖手旁觀，現出身形，阻擋了足以將整座城池化爲飛灰的鳳火。

鳳梧血洗涂城，本就是趁天庭不察時爲之，見白棠陡然出現，已然心驚，加之他身負劍傷，略與白棠一交手，便落了下風，抽身便走。

這時整座城已變成了一座血城和死城。那斬傷鳳梧的道人胸膛被抓開，五臟盡碎，已經氣絕。可他跌落地面時，卻用盡了最後一絲氣力舉起身後揹著的一個藤箱，雙臂緊緊護住。

藤箱中發出細弱的啼哭聲，白棠打開藤箱，發現裡面躺著一個嬰兒。

被道人救下的百姓中，有個長者知曉其來歷。長者告訴白棠，道人名叫鶴機子，是城內道觀觀主的好友，來此地作客。在劫難中救了很多人。這個嬰兒就是他進客棧救人時撿到的，嬰兒的父母是外地客商，父親名叫李庭，已經死了。

白棠從道人身上的牌符得知，他是青山派的掌門。白棠一時不知該拿這個嬰兒怎麼辦，就帶著鶴機子的骨灰和嬰兒到了青山派。

「少青山因來歷不凡，一直有松竹二仙與隱雲土地神鎮守。我剛到少青山，松竹二仙便告訴我，青山派只剩下一群孩童，兩名主事的長老趁鶴機子掌門不在時，叛逃去了清玄派。」

白棠做神仙許多年，從未特別欽佩過誰，可這個普通的凡間道人鶴機子，卻讓他生出深深的敬意。他便化成了鶴機子的模樣，到了青山派，想將這個鶴機子救下的嬰兒與其他孩童撫養長大，選出下一任掌門時再離開。凡人的一、二十年對神仙來說不過眨眼之間。」

「天庭得知此事後，並未怪罪於我，反倒命令我鎮守青山派，還將九遙使君與應沐之事告知於我。青山派中，如果只有鶴機子，恐怕也難以支持。松竹二仙和隱雲土地神便也化成凡人，謊稱是在外雲遊的師弟，協助於我。」

這種事情，叛逃去清玄派的兩位長老自然不會相信，已經懂事的小弟子也起了疑心，最終導致了幾年後，又一批弟子的叛逃。

「至於你的身世，」白棠凝視樂越。「卻非我有意隱瞞，而是實在不知。天庭也沒有告訴我你的來歷，後來這條龍找上門來，我才隱隱猜到你身世定然不簡單，卻無確切的答案。」

樂越跪倒在地，淚水橫流。

白棠道：「鶴機子道長的骨灰被我存放在大殿後，靜室的暗格內。」

就是樂越每每被罰時，跪坐抄經的地方。

樂越抬袖抹去臉上的淚，聲音嘶啞地問道：「師父不知道李庭的事情？」

白棠搖頭：「不知。」

樂越再問：「那師父為何要把我們改為樂字輩？」

白棠道：「只是我在翻閱鶴機子道長參悟道法心得時，偶然見他所寫的『樂山、樂水、樂世、樂生』之句，因而起意。」

卻不想竟湊巧地應和了樂家莊之事。

白棠感慨地道：「這些曲折於我來說，只應了湊巧二字，卻不想因湊巧，也變成了局中人。如今我所知種種已盡數說了出來，青山派此事已畢，我也須回天庭覆命了。」他衝定南王深深一揖。「舍妹之事，實在抱歉。可幸王爺已再結連理，願貴夫婦白頭到老，百年好合。」

定南王依然面無表情。

白棠唸動仙訣，周身仙光流動。樂越忙道：「師父此去，還會回來麼？」

應沐重生，那絲留存在經書之中的卿遙師祖的記憶，最終也煙消雲散，青山派對於天庭來說，已沒有了作用。

白棠肯定地道：「你要做皇帝，可你的師弟們尚不能挑起青山派的大梁。我會上稟玉帝，讓我待到他們其中一人可以繼任掌門爲止。即便我不回來，松竹二仙和隱雲也會回來。其實爲師一直看好你做掌門，可惜……不做掌門，做皇帝亦很好。」

樂越道：「皇帝也能做成大俠，我永遠記得師父的教誨。樂吳、樂韓、樂秦他們都比我細心，一定不負師父的期待。」

白棠微笑頷首，正要邁出門外，定南王忽然從懷中取出一物，拋向白棠：「此物對本王已無用處，勞煩道長將它物歸原主。」

那是一枚玉珮，雙面都刻著荷花。

白棠收進袖中，化作一道仙光，向天而去。

樂越望著天空半晌，方才回過神來，向定南王和杜如淵道：「我還有些事，要去梧桐巷一趟。」

杜如淵卻道：「越……樂王殿下先請留步。今天清晨，有位故人企圖潛入皇宮被衛兵拿下，樂王殿下還是先看看爲好。」

定南王先行離開，杜如淵喊來衛兵，吩咐了幾句。

不多時，幾個衛兵帶著一個人進殿，那人頭上戴了一頂垂著黑紗的斗笠，遮住了容貌，但看身姿，是個女子。

衛兵退下，闔上殿門。

女子摘下斗笠，居然是綠蘿夫人。她跪在地上，淚流滿面地哀求：「樂王殿下，求你讓我見見我兒子吧。我知道他在你們眼中是罪無可恕的仇敵，但求你讓我見見他……」

綠蘿夫人原本嬌美如少女的臉上已有了淡淡細紋，蓬亂的鬢髮中摻雜著銀絲，再不復當日論武大會上顧盼生輝的嫵媚。

樂越忙俯身將她扶起：「夫人請起，夫人一直有恩於我，在西郡更救了我的命，我會讓妳見一見慕禎。」

綠蘿夫人顫巍巍起身：「多謝樂王殿下。」

樂越忽然想到一事：「不過，我有件事，想詢問夫人，不知夫人方不方便回答。」從袖中取出那張夾在黃曆封皮中的紙。「這是我從安順王的一本黃曆中所得，夫人可否認識寫詩之人？」

綠蘿夫人接過那張紙，蛾眉蹙起：「這是李義山的《風雨》。」

樂越急促道：「這張紙上的筆跡應該屬於一個叫李庭的人，夫人是否認識他？」

綠蘿夫人卻愕然道：「這是慕延的字，我不會認錯！……我從沒聽說過李庭這個名字。」

樂越恍被雷擊：「不可能！安順王的筆跡我見過，和這個完全不一樣！」卷軸，還有山中的石壁上所刻的字跡，都與這張紙上的不同。

綠蘿夫人道：「樂王殿下有所不知，慕延的雙手都會寫字、都能使劍，這件事鮮少有人知道。這首詩是他左手的字跡。」

樂越的腦中混沌一片。

在桐縣中，與那個名叫玉翹的女子相戀又拋棄她的人，明明叫李庭；簽下那些欠單的人，亦明明是李庭。

安順王還好好地活著，他的父母卻千真萬確死在了血覆涂城之中。樂越又回想起在刺蝟的鏡子中所見的母親恬淡的面容。難道世上有兩個李庭？

安順王與他的父親到底有甚麼關係？

樂越勉強理順思緒，道：「夫人，我再冒昧問一句。十七、八年前，血覆涂城之前，夫人可知道安順王的動向？」

綠蘿夫人慘笑道：「那段日子既是我萬劫不復之時，也是慕延萬劫不復之時。我本打算就算到了陰曹地府也不再提起此事。不過既然樂王殿下問到，我可以如實相告，但有個不情之請，不知樂王殿下能否饒過慕禎一條性命。他本該是個好孩子，只是生錯了人家，有了一個那樣的爹。求殿下網開一面，留下他的性命吧。」

可憐天下父母心。綠蘿夫人淒絕哀懇的神態讓樂越動容：「我向夫人保證，會盡力保全慕禎的性命。」

杜如淵道：「夫人這樣講條件，有些過了，樂王殿下讓夫人見他已是網開一面。他是生是死，要依律法定論。樂王殿下尚未登基，此時若肆意作主，恐群臣不服。」

綠蘿夫人淒然道：「我知道，能得樂王殿下這句保證，民婦已經知足了。殿下想問的，是那時慕延都做了甚麼吧。可惜那個時候，他在做些甚麼，我已經知道得甚少了。」

樂越將她讓到椅上坐下，聽她緩緩道：「十七、八年前那時，慕延已拋棄了我，娶了長公主。」

她與慕延相識於煙波浩渺的江南，彼時她以爲他只是一個意氣風發、英俊倜儻的江湖少俠，兩人因誤會起了糾紛，卻在打鬥中生出友情，最終相戀。那時慕延說，想做一名浪蕩江湖的俠士，一匹馬，一柄劍，與她一起遊歷天下。

可那時她就發現，慕延時常行蹤詭祕，他似在尋找和追蹤甚麼人。還會愁眉不展，惆悵嘆息。慕延偶爾會說，人生在世，太多身不由己，倘若能無牽無掛，做個自由自在的人多好。

她那時不解其中涵義，直到十八年前的一天，慕延告訴她，其實他是安順王世子，因父親過世，即將繼承王銜。十幾天後，他就要迎娶他的王妃——皇帝的女兒大公主。

「慕延和我說，他很抱歉，公主容不下另一個女人，他與我的緣分只能來世再續。我最好的年華，我的一切，都給了他，卻只換來他的這聲抱歉。」

綠蘿夫人仰頭深深吸氣，將眼淚逼回眼眶內：「我年輕時，也十分心高氣傲，他對不起我，這樣的男人我也不屑要。可後來，我發現我有孕了。」

她不打算把這件事情告訴慕延，但很想生下這個孩子，來日好有個依靠，便藏在一座小城內，隱姓埋名待產。

孤身女子有孕很容易遭人非議，她買了一所宅子，雇了兩個丫鬟，待在宅中幾乎不出門。到了第二年春上，她很想看杏花，便坐了轎子到城外的杏花林中賞花，卻意外地碰見了慕延。

慕延的懷中，還摟著一個濃妝艷抹的女子。

綠蘿夫人冷笑一聲：「慕延乍一看到我，十分吃驚，立刻像不認識我一樣帶著那個女子走了。我才知道，甚麼公主容不下別的女人，統統都是托詞。是我有眼無珠，看上了這個薄情負義的敗類！當天夜裡，慕延竟來到我的臥房中，他向我提了一個我萬萬想不到的要求……」

慕延當時面容灰白，神色憔悴，雙眼布滿了紅絲，他抓住綠蘿夫人的雙肩，死死逼問這個孩子是不是他的。然後，他跪倒在床前，先承認自己禽獸不如，又道，這個孩子生下來，如果沒有名分，必定一生遭人非議，十分可憐。公主有隱疾，不能生育，如果綠蘿夫人肯將這個孩子抱給公主撫養，公主一定會善待孩子，讓他有錦繡前程。

「我那時怒不可遏，拚勁全力將他打了出去。第二天，我就收拾細軟離開了那座城。可我又怎麼逃得出他的掌控。」

綠蘿夫人輾轉躲藏，可還是沒有躲開安順王的監視。她生產的那日，安順王突然出現，奪走了剛出生的嬰兒。

「我當時難產，差點沒命，沒辦法搶回我的孩子。等我能下床時，聽到了血覆涂城的事情。這個劊子手，做出如此傷天害理的事情，一定會有報應！我不能讓孩子跟著他遭劫，就趕到了京城，想搶回孩子。」

結果，當她隱身在安順王府內院的樹上，看到眼前的情形時，她的心卻動搖了。

一個雍容華貴的年輕女子抱著那個孩子坐在院中，柔聲哄著。神情中滿是溺愛，那種溺愛，無法作僞。

孩子被綾羅綢緞包裹著，身邊的女婢捧著各式各樣的玩具侍奉，連餵奶的奶媽都儀態不凡。這些都是她無法做到的。

那個女子貴為公主，卻親手給孩子換尿布。除了餵奶之外，一直抱在懷中，不肯撒手。孩子對她露出天眞爛漫的笑容，她便幸福地微笑。好像這個孩子的確是她親生的一樣。

「假如這個孩子跟著我，他會因爲是私生子，一輩子遭人非議，不可能比得上做王爺和公主所生的兒子來得幸福。於是，我就離開了那裡，再沒找過慕延。這是我今生做的最大錯事。」綠蘿夫人用絹帕掩住臉。「如果我當時把禎兒搶了回來，就不會變成現在這個樣子。」

樂越有些唏噓，可這些事情，都與李庭，甚至是涂城之劫，沒有太大關係。他只得到了幾個看似微有關聯的要點。

樂越道：「那麼夫人，那座小城，叫甚麼城？」

綠蘿夫人道：「叫芫城，在中州邊上。」

樂越沉吟不語，商景慢吞吞從殼中探出頭：「此事就由老夫去查一查吧。今天傍晚之前，應該有結果。」

樂越站起身：「夫人，我帶妳去見慕禎吧。」

打開殿門，樂越竟看見九凌站在階下，七彩的光華在他身上淺淡地流暈，一時不可逼視。九凌的氣色有些憔悴，樂越不由得脫口而出：「你的傷怎樣了？」

看不見護脈神的綠蘿夫人臉上訝然的神色一閃而過。

樂越自知失言，閉上嘴。九凌的目光中含著笑意看他：「無大礙。」目光掠過昭沅時，雙目微微瞇起。「你竟長大了。」

昭沅拱手：「多謝鳳君昨日相助。」

九凌淡淡道：「不須謝，本君不喜欠人家甚麼。當日我打碎辰尚的龍珠，如今只當相還了。」

昭沅遲疑道：「只是鳳君的鳳珠……」

昨夜九凌拋出鳳珠相助，鳳珠化作光芒助他重築龍珠，已經消融了。

九凌道：「本君既然連你的龍珠都能重塑，自然有復原的辦法。」

昭沅便不再多問。

九凌目光一掃綠蘿夫人：「你要帶她去見慕禎？也罷，慕禎本就不是能翻起大浪的材料，即便你放了他，也沒有太大關係。」

樂越很想說，這不都是鳳君一手策劃的好局麼？可現在不便說話。他一言不發地走下台階，帶著綠蘿夫人到了關押慕禎的牢房。

慕禎被定南王暫時關押在內宮的石室中，已近瘋狂。

室門剛一打開，他就拖著鐐銬撲向樂越：「雜種！匹夫！我一定要你死！我一定弄死你！天命早已決定，和家的天下，一定亡在我們慕家手中！」

樂越沉默地讓開身，身後的綠蘿夫人踏進室內。

慕禎雙眼刹那間像要迸出眼眶：「娘！娘！妳為何在這裡！樂越你這個雜種，竟挾持我娘！」

樂越道：「太子還認娘，就說明你還有救。綠蘿夫人為了見你不惜闖皇宮，有這麼好的娘親是你的福分。你們母子好好說話吧。」

他轉身欲退出石室，旁邊的侍衛道：「樂王殿下，留這女子在室內是否……」

樂越道了聲無妨，石門剛剛闔上，裡面突然傳出慕禎的慘叫。

樂越一驚，回身撞開石門，只見慕禎抽搐著跪倒在地，被鐐銬縛住的右臂無力垂下。綠蘿夫人淚流滿面地抱著他，手中寒光一現，又斬向慕禎的左腿。

樂越尚未來得及阻止，慕禎又發出一聲幾乎不像人聲的慘呼，像一灘軟泥一般癱倒在地。

綠蘿夫人泣不成聲，沾染在指甲中所藏鋒芒上的血緩緩滴落：「禎兒，你不要怪娘心狠，這是你罪有應得。」

她癱坐在地，向前跪爬了兩步：「樂王殿下……慕禎的手筋和腳筋已被我挑斷……此生便是個廢人了……殘廢之人……不能爭皇位做皇帝……絕對威脅不到殿下……求殿下饒他一條性命吧……」

慕禎在地上翻滾，發出野獸般的嘶吼：「本宮會奪回皇位！本宮一定會做皇帝……我就是皇帝！」

綠蘿夫人咬了咬牙，回頭一巴掌摑在他臉上，慕禎悶哼一聲，抽搐兩下，暈了過去。

室內血腥味彌漫，樂越不忍再看，肅起神色：「本王即刻下令，慕禎之罪，雖尚待審定，但念他已成廢人，又誠心悔悟，不定死罪，永不傷其性命。」

綠蘿夫人哭拜謝恩，樂越轉身，匆匆出了石室。

石牢外陽光燦爛，樂越長呼了一口氣。

九凌在他身旁道：「自古皇位之爭皆是殘忍血腥。今日之事，已是很仁慈了。」

樂越面無表情。

九凌又向昭沅道：「本君想和你單獨說幾句話，隨我來。」

樂越皺眉，剛欲阻止，九凌已轉向他道：「你放心，本君不會對他怎麼樣，再說，他已今非昔比，你不信我，難道不信他？」

昭沅向前一步，抬手道：「鳳君請。」

九凌微笑：「龍君請。」

九凌在京城外郊野的上空停下，突然回過身，一道光刃狠而準地劃向昭沅。

昭沅微有些吃驚，抬起左手，那光刃便化成一條柔軟的光帶黏在他指尖，一拂之下，消失不見。

九凌卻踉蹌後退了兩步，勉強在雲上站定：「果然今非昔比。」

昭沅道：「鳳君約我到此，不是只爲了考量我的法術吧。」

九凌淡淡道：「當然不是，我方才是眞心想偷襲你，可惜現在的我已傷不到你了。」

昭沅不解。

九凌接著道：「你年幼時看似天眞，心腸卻委實硬。你和樂越的血契之線二度連上，不知那件事是否還會發生……」

昭沅疑惑道：「鳳君所指何事？」

九凌雙手在胸前捻了個訣，冷冷道：「這是你們護脈龍生來的能力，何必明知故問？」

昭沅正想回答「我的確不知道」，左腕忽然一陣灼熱，心口驀地劇痛。龍珠在腹中翻江倒海，燒灼著他的五臟，手腕上那根血契線浮現出來，上面黏著星星點點的七彩光點，好像蟲蟻般啃噬著血契線。

昭沅剛想去彈開那些光點，右手卻被七彩的絲線縛住，龍珠衝口而出，懸浮到半空中，滴溜溜打了個圈兒，金燦燦的珠身上，竟也裹著一層七彩星點。

「幫你重築龍珠的東西，同樣能再度碎了它。為防患未然，本君只能斷了你和樂越的血契線。」

九凌身周七彩流光大盛，那些黏在血契線和龍珠上的光點跟著刺目起來，凝固成一個光殼，轟然爆裂。

龍珠和血契線在碎裂中化成粉塵，昭沅神色沉了沉，居然一動未動。突然，九凌身形微微搖晃，倒飛了出去。

粉塵中，浮現龍脈金色的身形，昭沅抬起右手，那些碎裂的粉塵以龍脈為中心，迅速凝聚，再度化成了一枚金燦燦的龍珠，落入昭沅掌心，血契線完整無缺地繫在他的左腕上。

昭沅微微一笑：「九凌君座，你受了傷，這些法術的確不足以傷到我。」

九凌慢慢擦去嘴角的血跡，剛要說些甚麼，風中忽而傳來了不尋常的氣息。他神色微變，昭沅也微微皺眉。

龍氣，濃烈的龍氣。有另一條龍正飛向這裡。

龍氣中，還夾雜著鳳凰的味道，被濃烈的龍氣掩蓋，若隱若現。

遠遠地，天邊出現了一龍一鳳兩個身影，在陽光下不緊不慢地向此處前行，龍鱗和羽翼折射出溫潤的流光。

那隻金色的鳳凰羽翎尚未豐盛，加緊了速度率先飛到近前，盤旋一圈，變成一個金色長衫的少年，笑盈盈拉住昭沅的衣袖。

「我好不容易長大了一些，沒想到你比我長得更快，看來我輸了。」

九凌蹙眉：「九頌，你怎麼不待在梧桐巷中？」

九頌滿臉不在乎：「讀書讀得頭疼，出來透透氣，結果碰見這位龍兄，他說要找昭沅，我就帶他過來了。」他看看九凌，再看看昭沅。「君上，你是在和昭沅切磋法術？」

九凌沉默。

九頌又看看他和昭沅：「君上，好像你輸了。」

九凌繼續沉默。

和九頌一起過來的那條龍一直抱著前爪浮在旁邊，對早已目瞪口呆的昭沅悠悠道：「弟弟啊，你和鳳凰的關係，怎麼好像很熱乎？」

啪，茶盅蓋子跌落在地，摔成幾片，樂越剛要去撿，左右已有宮人匆匆行來，跪地將瓷渣收走。

宮女輕聲問樂越要不要換個茶盅，樂越道了聲不必，宮女便婀娜地垂首退下，又留下樂越一個人在涼亭中。

樂越看向天邊，不知道九凌找昭沅做甚麼。方才看那邊天空的雲似有異常，但轉瞬即過，現在天邊霞光燦爛，不像有甚麼爭鬥。

他正在走神，小宦官細聲道：「樂王殿下，杜世子來了。」

杜如淵和商景匆匆進亭，樂越掃視左右，涼亭外侍奉的宮人立刻井然有序地退離到聽不見他們談話的距離處。

商景緩緩道：「老夫已到芫城查證過，十七、八年前，是曾有位叫李庭的客商在城中小住，並與城裡青樓的一位姑娘有段露水姻緣。」

樂越吸了一口氣，鎮定地道：「哦。」

商景繼續道：「而後，老夫又去了一趟桐城，用畫像證實了一件事。當年在桐城的李庭和芫城的李庭，都是安順王慕延。」

樂越揉揉額角。

安順王為甚麼要用李庭這個身分？安順王和他樂越死在涂城之劫的父母有甚麼關係？天庭和鳳凰都不知道這件事，其中到底隱藏了甚麼？

九淩看了看昭沅和那條龍，淡淡道：「既然令兄弟剛見面，本君與龍君之事，就暫緩片刻。」化作七彩鳳凰，與九頌一道飛向梧桐巷的方向。九頌臨行前還回頭望了昭沅一眼，似有戀戀不捨之意。

那條龍抖了抖尾巴，化成人形，抱起雙臂，吹了聲口哨：「小昭沅，可以啊，長大了，竟能讓九淩那個僞君子對你頗有忌憚。」一掌拍在昭沅肩膀上。「不錯不錯，給咱家長臉！」

昭沅被他拍得渾身一抖：「哥，你怎麼來了。」

昭灕摸摸下巴：「說來話長啊。父王很擔心你，天天豎著鱗片感應，結果感應來感應去，總是感應不到你和那位和氏後人定下血契的訊息。然後這兩天，他突然感應出你被鳳凰傷到，非要趕來看看你，被母后攔下了。於是就換成我來看看你了唄。知道你過這麼好，他們肯定安心了。」一面說，一面圍著昭沅繞了一圈。「不錯不錯，個頭還行。就是瘦了點，再壯實點更威風。龍角伸出來我看看，新換的？甚好甚好。嗯？這是甚麼？」低頭看向昭沅的左腕。

昭沅抬起手，給他看那條金光燦爛的血契之線。昭灕訝然：「這是血契線啊！父王明明沒感應到你和和氏後人定血契。剛剛連上的？」伸手摸了摸。他與昭沅血脈相通，氣息相似，那條線的光芒立刻變得柔和起來。

昭沅道：「不是，早就連上了。剛離開家不多久就連上了。」

昭灕的嘴角抽了抽：「父王老糊塗了，直絮叨你沒定上血契。」

昭沅道：「不過鳳君也和他定了血契，可能因爲這樣，父王才感應不到我定血契的事情。」

昭灕愕然：「啊？真的？一個凡人能同時和龍神、鳳神定血契？真是奇聞！到底甚麼原因？」

昭沅嘆道：「這說來話長。」

樂越獨自坐在樂慶宮的寢殿中，翻看那堆安順王府的證物。

除了那張黃曆封皮中的紙之外，一無所獲。

安順王異常謹慎，他喜好作畫題詠，但所有卷軸中均是他右手的筆跡。由此也可見，那一年，對他來說也算刻骨銘心，那張紙上所題的詩句，肯定是他最不想捨棄的心境，所以才一直沒有銷毀。

安順王冒充李庭，必然早知道李庭的存在。他位高權重，李庭只是個不知道自己眞實身分的布商，殺之非常容易，那爲甚麼還要搭上整座城池的人命？

樂越抱著頭苦苦思索。

殿內的燭火忽然搖曳起來，接著，滿室明亮。昭沅攜著一個錦衣青年站在帷幕前，含笑向他道：「這是我兄長昭灕。」

樂越愕怔地起身，遲緩地向那錦衣青年道：「見過大哥。」

錦衣青年挑眉打量樂越，轉首問昭沅：「怎麼回事？這個凡人爲甚麼可以看見護脈神？」

樂越也在打量昭灕。他的身形比昭沅略微高挑了些許，眉目與昭沅有些類似，輪廓更清朗些，氣韻不像昭沅那樣溫和，散發著一股咄咄逼人的傲氣。

昭沅道：「……此話，詳細說來又長了。總之，是麒麟公主琳箐給了他一枚鱗片吃，他就甚麼都能看見了。」

昭瀧掃了一眼樂越：「這不合規矩，能看見護脈神的人不能做皇帝。」

樂越嘿然道：「能不能做皇帝無所謂。」

昭瀧的嘴角抽了抽，依然只和昭沅說話：「你找對人了麼，這人說話怎麼如此胸無大志？」

昭沅立刻反駁：「樂越很有霸氣，連鳳使九遙都看好他。」

昭瀧一邊的嘴角扯了扯：「又是鳳凰。」

昭沅接著道：「應沐前輩一直很欣賞他。」

昭瀧呵了一聲：「也就是魔頭會耆欣賞他？」

昭沅道：「鶴使白棠仙君是他的師父，竹松二仙和少青山的隱雲土地神是他的師叔。」

昭瀧拖長音道：「來頭倒是不小……好像更不適合做皇帝了。」

昭沅只得道：「天庭的仙者見過樂越，他們沒說他不適合。」

昭瀧這才哦了一聲，沒繼續說下去。

樂越就算是個傻子，也看得出昭沅的大哥看他不順眼。他搭訕道：「龍神閣下要喝杯茶麼？」

昭瀧勉強哼了一聲，拉開一張椅子坐下，接過樂越遞來的茶，忽而像想到了甚麼，低聲道：「是了，我倒忘了，反正這個也……沒關係。」

昭沅皺眉道：「甚麼？」

昭瀧飽含深意地向他一笑：「沒甚麼。剛才哥錯了。」向樂越一舉杯。「茶不錯，多謝。」

張公公在寢殿外侍奉，看見寢殿的窗紙上映出樂王殿下的身影。樂王站起又坐下，走來走去，抱拳行禮，好像在和甚麼人說話，但寢殿中，明明只有他一個人。樂王端起一杯茶，向外遞出去，那茶杯的影子竟然自己懸浮在空中，向下傾倒，像有個看不見的人在喝茶一樣。

張公公毛骨悚然，一旁的小宦官輕聲喚：「公公，公公……」

張公公打了個哆嗦，回過神。小宦官壓低嗓子：「公公，樂王殿下不喜歡旁人看這些事，被他發現就不好了。我們在這裡侍候，都是背朝寢殿的。有時候，裡面還有女人說話的聲音。」

張公公顫巍巍轉過身：「既然不該看、不該說，就別說了。宮裡面，知道的越多，死得越快。你們在這裡侍候著，咱家去前邊看看。」

張公公離開樂慶宮，覺得有些頭重鼻塞，就慢慢踱去內醫監。出了內宮，只見兩盞燈籠引著一個紫色官服的身影穿過迴廊，張公公迎過去，彎腰問了個好：「澹台大人，已經掌燈了，這才回去？」

澹台修拱了拱手：「張公公，怎麼你親自巡察起宮院來了？」

張公公佝僂著脊背呫呫笑道：「唉，澹台大人誤會了，咱家是有些傷風，想去內醫監求副藥吃。如今巡察內院的全部是定南王爺指派的侍衛，宮人暫時不能巡夜了。」接過一盞燈籠。「正好遇見澹台大人，咱家親自送澹台大人出去吧。」

澹台修道了聲謝：「那就有勞公公了。」

旁側的人離開，張公公舉著燈籠與澹台修一道慢慢地走。澹台修道：「公公是否有甚麼話要和本相說，不妨明示。」

張公公嘆道：「沒甚麼話，只是有一些感慨罷了。咱家在這個皇宮裡，已經待了一輩子，先帝、先先帝咱家都有幸侍奉過。本朝的皇上們都篤信道術，好求仙問道。那些祭台、供奉的殿閣，不少都是我眼見著修起來的，銀子花得真是如流水啊。昔日馮梧國師的國師府，比皇上的鳳乾宮也不差甚麼了。恕咱家說句大不敬的話，結果怎樣？如今，定南王爺倒好，是位不信鬼神的，可樂王殿下……誰知這天下，這皇宮，來日會怎樣……」

澹台修沉默地走著，到了宮門前，向張公公道謝告辭。

張公公躬身道：「咱家老糊塗了，今天多說了幾句話，相爺別往心裡去。」

昭瀰喝完了茶，起身向昭沅道：「好了，見到你沒事，我要先回去了。父王和母后還在伸長脖子等呢。」

昭沅有些不捨，他和昭瀰許久不見，話還沒說夠。

樂越道：「龍神閣下何必走那麼急，再待兩天多好。」

昭沅也道：「是啊，馬上就是樂越的登基大典，哥你再多住兩天吧。」

昭瀰神色複雜地看了一眼樂越：「我明白了，昭沅你是想讓哥留下來給你助拳吧。也罷，我就再住兩天。」

昭沅十分喜悅，立刻要帶昭灕去皇宮各處走走。

出了樂慶宮，昭沅引著昭灕到了正殿上空，向下指道：「這裡就是樂越即將舉行登基大典的地方。」又指向另一方：「那邊是祭壇和宗廟，不過那日被應沐前輩毀了，現在宗廟正在重建。」

昭灕揚起嘴角：「祭壇如果重建，應該就是我們龍神的祭壇了吧？」

昭沅道：「現在社稷還不安定，就算樂越沒有和鳳君連著血契，一下就否定鳳神也會引起人間的動盪。不宜急進。」

反正龍神的生命無盡頭，樂越才剛剛登基，來日方長。

昭灕讚賞地拍拍他的肩：「到人間來了一段時間，簡直像脫胎換骨了，不錯不錯。」

腳下，籠罩著皇宮的七彩鳳光已被燦爛的金色龍氣遮蓋。

「父王、母后和我都沒料到你長大的速度這麼快，也沒想到即將進行登基大典。這幾天你要格外當心，哥會幫你鎮著！」

昭沅看著樂慶宮的方向，不覺露出微笑。

澹台修回到府中，正要更衣，下人來報：「老爺，有幾位客在後門外求見。」

澹台修問：「何人？」

小廝回稟：「小的也不知道，那些人沒有報姓名。」

澹台修想了一想：「先將他們請入書房吧。」遂換了身便服，前往書房。剛邁進門，就見一人向他笑道：「澹台大人這相爺府，可真不好進啊。」

卻是欽天監監正兆陸。

他身側還站著幾人，分別是御史台大夫宋羨、翰林院學士李起、中書令章充。

這四人年歲皆在四旬上下，乃是朝中少壯權重的一系。四人都身著深色方巾布衫，作尋常打扮。

澹台修屏退左右，闔上房門：「幾位大人夤夜前來，有何見教？」

這幾人中，中書令章充和澹台修是同榜進士出身，平日裡關係略親近一些，拱手笑道：「下官等聽說，樂王殿下很屬意相爺的千金。皇上眼看要換人做了，可相爺的國丈看來是跑不了的，所以今晚特意上門送些薄禮，套套情誼，來日在朝中，可都要仰仗相爺了。」

澹台修道：「莫提此事，羞煞羞煞，家風不正，致使小女不懂規矩，做出些與人話柄之事。而且我知道，你章汗粱與這幾位大人，絕對不是來給我送禮的。」

章充撫掌道：「相爺真是快人快語，我等就明人面前不說暗話。澹台大人可還記得，當年我們同榜中進士，瓊林宴上，說過何等志向？」

澹台修道：「記得。當日我曾說，盼見天下太平，百姓安樂。如今已深知，昔日年少，不知這幾字之重之難。」

兆陸道：「那相爺覺得，今日的天下如何、百姓如何，朝綱又如何？」

澹台修一時沉默。

御史大夫宋羨道：「相爺不願說，那下官來說。那位樂王入主皇宮幾日，所有奏章一概壓而不閱，西南大旱，沿江汛期又至，數十萬人等著糧草救命。樂王可以因爲令千金的一句話，撥給太后十幾萬兩銀子遷往行宮。這些摺子卻管也不管。定南王與安順王交兵，牽連百姓無數。不管是拜龍神和拜鳳神的哪方爲勝，最後都是一座大祭壇建起來。」

兆陸接著道：「不錯，這位樂王出身玄道門派，篤信神怪，在皇宮中已搞出了不少動靜，來日……實在……」

澹台修沉吟不語。

章充道：「澹台兄，如今朝廷是個甚麼樣子，天下是個甚麼樣子，你我皆知。若再袖手旁觀，江山社稷，將要怎樣？」

澹台修緩緩道：「但諸公容我問一句，昔日安順王掌權時，爲何諸公不發聲，卻要等到今日？諸公既然覺得，本相想做國丈，又爲何來和本相說這番話？」

兆陸四人一時都被問住了，隔了片刻，李起才道：「安順王獨攬朝政時，京城上下皆是他的耳目，不瞞丞相說，我等志同道合者早有聯絡，但恐怕被抓捕，方才一直隱匿。如今局面暫由定南王一系掌控。他一直在南郡，京城中少有勢力，我等這才敢前來找丞相。」

章充捻鬚道：「不錯。澹台兄，你那本讓安順王削兵權的摺子，眞正用意，瞞得了別人，可瞞不過我。若無澹台兄之計，定南王絕對進不了京城。因此我等才覺得，澹台兄是個眞正心懷天下，以社稷百姓爲重之人。」

澹台修苦笑：「這句話，我萬萬擔不起。容我再問一句，如今僞太子已廢，倘若不是樂王，又該由誰承繼社稷？」

兆陸道：「和氏血脈已斷，但能承繼社稷的人，倒還找得出來。不知相爺可記得五陵侯高氏？他們與太祖皇帝本為親戚，只因種種緣故，不同姓。這一代的高老侯爺生性敦厚，可惜兒子早逝，其孫小侯爺年方十一歲，卻聰穎過人，相貌出奇，隱然有帝王之相。」

澹台修在心中冷笑一聲。和韶多病，難顧政務，天下兵馬大權被安順王獨攬五分，另外幾分由三位郡王平分，五陵侯之流都是空有虛銜。擁立一個十一歲的異姓孩子稱帝，簡直妄想，於天下也絕沒有好處。

兆陸像是看穿了他的想法，侃侃道：「下官知道，相爺一定想問，五陵侯一族無權無勢無兵馬，該當如何？可現成的兵馬不就擺在眼前？相爺既然能用定南王之力鏟除安順王，為何不能再藉安順王餘黨之力？」

樂越又將木箱中的證物翻了一遍，終無所獲，三更時分，昭沅和昭灕回來了。

昭沅還要去和商景碰面，詢問琳箐和孫奔處有沒有戰報消息。樂越便先去就寢，問昭灕：「龍神閣下準備在何處安寢？」

昭灕道：「這你就不必管了，隨便找片雲，也能睡一睡。」他突然問樂越。「你還未娶親？」

樂越怔了一怔，道：「在下自覺還沒有到娶親的年紀。」

昭灕眉頭斂起，神色肅然：「也沒有馬上可以為你生孩子的相好？」

樂越的面皮抽了抽：「談這個……對在下來說……就更早了。」

昭灕皺眉喃喃道：「奇怪，登基大典在即，昭沅已經長大了，爲何……」

樂越乾笑道：「也不是所有皇帝登基的時候都要有皇后的吧。」

昭灕神情複雜地瞧了瞧他。搖曳的燈光下，似乎帶著一絲憐憫。

夜半，澹台修在床上輾轉難眠，兆陸四人的話在他腦中盤旋。

「我知道澹台大人是擔心，除掉兩王后，小侯爺年幼，天下難定。可如果放任尊崇神道的毒瘤，天下早晚必亡。這是唯一的大好機會。」

「五陵侯素不信神鬼，小侯爺尚小，正可以慢慢諫化。四郡王既除，兵權之憂亦可解。」

「如果這樣做，天下可能大亂，但如不這樣做，天下必亡。澹台兄到底選哪條路？」

……

言辭迴盪在耳邊，澹台修猛地一驚，睜開眼，天已破曉。

澹台修換上官服，即刻進皇城，徑直到樂慶宮前，求見樂王。

少頃，小宦官引澹台修進了正殿，行禮完畢，卻見樂越正站在書案邊，案上擺放著一些雜七雜八的卷軸、舊黃曆等物。這幾天送上來的奏摺卻被堆放在一角。

澹台修道：「殿下，這幾日的摺子急待批覆。西南大旱，東南沿江汛期又至，朝廷應早撥糧餉。」

樂越一驚，拍拍額頭：「抱歉抱歉，如此重要的摺子，我竟然沒看到。我還以爲這兩天送來的都是那種擬議封號之類的摺子。」立刻去那堆奏摺中翻找，有幾本被翻得跌落在地。不等小宦官上前，樂越立刻彎腰撿起來，攥著袖頭在奏摺封皮上擦了擦，吹吹灰。

翻了半晌，方才找出那幾本參奏此事的摺子。樂越三下兩下掃讀完畢，問澹台修：「請教澹台丞相，如果調撥糧餉的話，要調撥多少？」

澹台修道：「這件事，樂王殿下應該傳召戶部尚書議定。」

樂越立刻喊人道：「快去請戶部尚書來一趟。」戶部尚書叫甚麼來著？他背過百官名冊，但這兩天事情太多，忘了。

澹台修告退離去，他沿著宮牆慢慢地走，迎面看見一個小宦官抱著一疊卷軸匆匆跑來，向澹台修施禮時，卷軸嘩啦跌落在地。小宦官連忙去撿，澹台修瞄見展開的卷軸上依稀是宮殿的圖樣，便問：「這是甚麼？」

小宦官道：「是樂王殿下吩咐取來的鳳乾宮圖紙。樂王殿下好像打算在鳳乾宮中改建一個大而深的池子，而且裡面要四季清水，沒有任何雜物，也不種荷養魚。」

澹台修皺眉看著小宦官抱著卷軸離去，矗立半晌，終於回轉身，步履堅定地向皇城門走去。

出了皇城，他命轎夫一路急行，到了刑部天牢外。把守天牢的兵卒都知他的身分，立刻讓他入內，獄吏帶路，將他引到一間偏僻的石室前。

澹台修道：「本相要密審此犯，你等先退下。」

獄吏帶著獄卒們離開，石室中的重華子拖著鐐銬緩緩抬起頭：「丞相大人見貧道所為何事？你等背叛太子，反助孽龍，來日定然粉身碎骨，悔之不及！」

澹台修的右衣袖幾不可見地抬了抬，一枚鑰匙和一個錦袋被拋進牢房。

重華子的眼中霍地射出炙熱光芒，膝行兩步，將兩物壓在自己的破爛衣衫下。

澹台修冷冷道：「妖道，你尚有多少同黨？統統供出來，本相或者可以保你不受極刑之苦。」

大理寺又送來一箱安順王府的證物，樂越翻開半日，依然無所得。他苦思冥想，這些零碎的線索難以拼湊在一起，令他有些煩躁。樂越靠進椅中，閉目揉了揉額角。頭上沉重的金冠揪得他頭皮處的髮根隱隱作痛。

今天上午，他將綠蘿夫人安排到某宮院中居住時，她的一席話給他敲響了警鐘。

「樂王殿下，我知道你是個心地純正的人，所以方才斗膽提醒。樂王殿下平日有些舉止，在常人看來可能有些詭奇。在這世間，不管哪個地方，都會有流言和非議，樂王殿下即將登基，言行更要格外留意。」

樂越睜開眼，推開桌上的證物，伸手去取奏摺。他本以為有些奏摺拖一天沒關係，卻不想耽誤了救災的大事。樂越終於稍微體會到了做皇帝的艱辛，真的一不留神，就變成昏君了。

殿內忽然有種莫名涼意，樂越疑惑四顧，昭沅和他兄長竟然不知何時都不見了。殿內空蕩蕩的只有他自己。

樂越再一轉頭，竟看見九凌站在帷幕前。

他這次裝束十分素簡，只是一襲白衫，樂越下意識問道：「你的氣色怎如此差，是不是病了？」

九凌的表情有些奇特，走近桌案前：「樂越，如果本君告訴你，那條龍會害死你，你信不信？」

樂越皺眉：「鳳君，挑撥離間這種事，就免了。」

九凌的目光變得苦澀：「你果然不會信，也是，你憑甚麼不信他，你憑甚麼會相信本君。你不信，這根血契之線就不可能斷。那你……」

樂越正待說話，九凌突然到了他身邊，一把抓住他的手腕。

樂越只覺得九凌的手指比千年寒冰還要陰寒，還沒反應過來，嘴裡就被塞進了甚麼東西，順著喉嚨滑進了腹中。

眨眼間，九凌又回到了桌案對面。樂越拍案而起：「鳳君，你到底給我吃了甚麼？」

九凌平靜地看著他：「我不會害你。本君不想把你當棋子，也不會讓你做任何人的棋子。我希望你能成爲皇帝，按你的意願在人間建立一個太平天下。」

樂越張了張嘴，卻覺得眼前有些模糊。

九凌的聲音似乎到了很遙遠的地方：「九頌也長大了，本君的時間已經不多。我想等到你登基的那一天，親眼看著你坐上皇位……」

樂越再張張嘴，卻死也發不出聲音，突然一個激靈，睜開雙眼。

他正好端端地坐在椅子上，安順王府的證物擺在面前，那疊奏摺堆在一旁，還沒有動過。

昭沅憂心地看他：「剛剛你打了個盹，是不是夢見了甚麼？」

樂越揉揉太陽穴：「沒有……」

昭沅略微放下心。昭灕挑眉瞧了一眼樂越，一言不發。

內宦來報，定南王爺求見。

片刻後，杜獻帶著杜如淵疾步進來。此是非常時刻，杜獻未穿朝服，而是一身鎧甲，作武將打扮，單膝行禮，向樂越稟告這兩日皇城的防務及最新戰報。

昭灕目不轉睛地望著定南王：「原來如此。」

昭沅疑惑：「啊？」

昭灕低聲道：「沒甚麼，我本來在疑惑，爲甚麼這個和氏後人連個爲他懷孩子的女人都沒有。明明就是這兩天的事情了。現在才明白……」

昭沅更加疑惑了：「大哥，你能不能說清楚點。」

昭灕微笑：「原來你沒看出來？也難怪，你和他還連著血契線。總之，肯定萬無一失了。」

□

收兵鼓咚咚響起，兵卒們唱起凱旋的戰歌。夕陽映照著鎧甲上的鮮血，絢爛又蒼涼。

孫奔在大帳中脫下戰袍，吩咐伙頭軍準備今晚的慶功酒宴。

篝火、美酒、激昂的頌詞、思鄉的曲調，夜色在喧囂中朦朧。慶功酒喝盡，天已破曉，兵卒們各自歸營。孫奔回到帳內，在沙盤上構築接下來的戰局。

琳箐站在他身邊看，孫奔突然抬起頭：「妳有些心不在焉，是不是有心事？」

飛先鋒嘎嘎吱吱怪笑兩聲。

琳箐板著臉道：「沒有。我是在想，你這兩天仗打得不錯，但別成了驕兵。」

孫奔拋下手中的木棍：「胡說。待孫某來掐指算算……妳是在想樂少俠，今天就是他的登基大典，姑娘不想回去看？」

琳箐的臉色驟然變了變，嘴硬地道：「回去看他做甚麼？昭沅和老烏龜罩得住的。我還是在這裡看著你別打敗仗吧。」

孫奔環起雙臂：「妳就不要嘴硬了。而且，這幾天對仗妳有沒有覺得蹊蹺。安順王一直沒出現，這裡已經是戰局最至關緊要的所在了，他連這裡都不顧，還會去哪裡。」

琳箐跳起身：「難道他想在登基儀式上搞陰謀？」

孫奔頷首：「反正孫某如果是他，一定這麼幹。昭沅和商景終歸不如公主妳戰力強，我建議妳還是回去壓一下場子。」

他話沒落音，琳箐已經不見了。孫奔笑了笑，撿起畫沙盤的木棍。

琳箐突然又嗖地出現在他眼前：「姓孫的，多謝！還有，你打仗真的很厲害，下一場你也肯定能贏！」

嫣然一笑，化光而去。

天剛亮，澹台容月便起身，抱著幼貓走到廊下，抬頭看皇宮的方向，就在那裡，樂越馬上就要變成皇帝了。

正廂房中突然傳出一聲東西打碎的聲音，幼貓喵嗚一聲，跳到地上。

澹台容月追趕過去，聽到廂房中傳來母親的聲音。

「老爺，今天新帝登基，你爲甚麼不去宮中？」

「朝政之事，不要問太多，對妳沒好處！」

澹台容月心中生起隱約的不安。母親顫聲道：「老爺，自從那天晚上，幾位大人來過之後，你一直不對勁。我一個婦道人家不懂朝政，但我不想你做出招致大禍的事情！」

父親的聲音憤憤道：「婦人之見！一人的榮辱禍福，豈能比得上天下與萬民的安康？難道妳要讓我食社稷俸祿，坐視玄法道術繼續禍國？」

澹台容月的心劇烈地跳起來。她拖過兩個丫鬟，回到房中。

「芍藥，把妳的衣服脫下來換給我，快！竹桃，妳守在房外，母親問起，就說我病了，想躺一躺！」

澹台容月換上了丫鬟的衣裳，從後角門出了家門，飛快地奔跑。

她第一次這樣一個人拋頭露面到大街上，更是第一次在大街上跑得像個瘋子。

皇城越來越近，越來越近……可皇城守衛森嚴，怎樣才能進去，怎樣才能告訴樂越，他有危險？

澹台容月扶住一棵樹，喘了喘氣，頭頂上一個清脆的聲音道：「澹台姑娘？妳怎麼在這裡？」跟著，一個耀眼的身影站到了她面前。澹台容月一看清楚眼前的人，立刻一把抓住她的衣袖：「琳箐姑娘，不好了，妳快去皇宮救樂越。他可能有危險，朝廷的大臣要對付他！」

沐浴九次，更換袍服，祭拜列祖皇帝牌位，前往大殿。

百官列序，鼓樂齊鳴，樂越穿著沉重的袍服，頭戴十二旒珠冠，步上紅氈。他的皇袍上既非鳳飾，也無龍紋，只繡著山河社稷，乾坤地理。

踏上紅氈的一刻，他有點恍惚，老覺得這事像假的一樣。馬上要變成皇帝了，他依然想像不來。昭沅站在半天空中，龍脈在龍珠內喧囂。他隱約有點不安，今天九凌竟然沒有出現，讓他覺得有甚麼大事要發生。

樂越步向大殿時，天際突然亮起七彩絢爛的光華，九凌出現在雲端，衣衫如同最華美的彩雲。

樂越停下了腳步，他的手腕上浮起血契線，但只有一根，金光燦爛，連著他和昭沅。那根七彩的，他與九凌之間的法線，不見了。

九凌向他抬起左手，他的手腕上，的確沒有法線：「本君與你的血契之線已經斷了。從今後，你和我鳳族再沒有甚麼關係。這是你最期待之事，就當是本君送你的最後一份禮，你可放心登基了。」

樂越一時無所適從，猜不透九凌這樣做的涵義。

周圍官員發出竊竊私語的聲音，九凌道：「登基儀式，你可不能這樣傻站著，快走吧，去大殿。」

樂越繼續一步步向前走，忽然記起，多年以前，他偷偷找洛凌之玩耍時，總會忘了回去的時辰，洛凌之就提醒他時辰已經不早了，快回去吧。而後，目送他離去，方才離開。

九凌看著那個身穿皇袍的身影步上大殿的玉階，一階、兩階……

他的眼前有些模糊，周身散發出異常絢爛的七彩光華。

他早知道自己壽數不多。

那次天譴，他本該粉身碎骨。卻因爲樂越，意外地多活了這麼多年，他已覺得滿足。

樂越，樂越。

扮成凡人，待在樂越身邊，到底是爲了謀算還是贖罪，他已經分不清了。

可能兩者都是。

許多年前，他犯下了一個錯誤，因爲自以爲是，扶持了鳳祥帝登基。

他從不承認自己會錯。

可自那以後，他總不敢想起那個笑容爽朗的少年，那個被他當成贖罪品的太子和熙。

鳳祥帝之後，他便不再管輔助皇帝之事，都交給同族的後輩們去做。

卻不想，鳳梧也和他一樣，犯下了自以爲是的錯誤。

血覆涂城，天庭震怒。

他聲稱鳳梧是奉他之命，擔下責任，願意受雷霆天罰。本以為必定灰飛煙滅，沒想到竟陰差陽錯被天雷打到了清玄派的竹林內，又陰差陽錯地碰到了一個孩子，這個孩子更陰差陽錯地替他擋下了天劫。

這個孩子說，他叫樂越，他可能就是鳳梧為了斬草除根，血覆涂城，卻始終沒有斬盡、已然發出新芽的那枚種子。

他應該還是太子和熙的後人。

這到底是天命有意安排，還是巧合比仙法更神妙？

九凌也不清楚。

他化成了凡間的孩童，混到了清玄派中，他告訴自己，只是為了在慕禎與樂越之間觀察，做出選擇。

也許辰尚會發現樂越是和氏後人，以此重新搶奪神位。辰尚怎麼也不會想到，其實兩個人選都被鳳族掌握，這局棋黑子白子都屬於鳳族，怎樣都會贏。

眞的如此？

或許兩者都不是。

做洛凌之時，在紅塵之中的那一段時光，竟然最讓他懷念。

有時候他會忘了自己是鳳君，只當自己是洛凌之。

這話說出去，誰會信？

誰都不信。

倘若沒有是非、沒有恩怨、沒有謀算，本君與你，只是在凡塵俗世間的一段簡單塵緣，那該多好……

樂越猛地回身，卻見雲端之上，九凌的身形在絢爛的七彩光芒中淺淡消融。

百官都沒再議論他的舉動，因爲所有人也都在抬頭看天上。

「快看！祥光！天降祥光！我朝社稷定能萬年昌盛!!」

樂越愣然地站著，渾身像被掏空了。

九凌最後的笑容依然溫和：「登基儀式，不容分心，你該繼續往前走了。」

「越兄，時辰不早，你該回去了，當心令師責罵。」

有甚麼堵在了樂越的咽喉處，又有甚麼糊住他的雙眼。

洛凌之，九凌。

朋友，鳳君。

總不說實話，總自以爲是，總欺瞞，總在最猝不及防的時候，來最要命的一手。

有意思麼？

「說來可能你不信，本君有時候會一時間忘了自己是誰，以爲我只是一個凡人洛凌之而已。」

這話誰會信？

口口聲聲說，眞的是朋友，卻一點眞話都不說。

到底是爲甚麼？

琳箐踏雲衝到皇宮上空，便看見九凌的最後一絲影子隨著七彩光芒融進空中，一時愣怔。無法施救的昭沅木然地站在雲上。下方，樂越恍若泥塑般立在殿前。片刻後，樂越緩緩轉過身，邁上最後一階台階，走向大殿的大門。

琳箐咬了咬牙，衝向昭沅：「別發愣了，小心看著樂越！有大臣要對……」

她話未說完，下方的官員中突然邁出一個身影，甩下官帽，高聲道：「且慢！殿前的這個人，沒有資格繼位！」

百官一片譁然，侍衛蜂擁而上，萬千支弓弩一瞬間對準那人。

樂越緩緩轉過身。

那人渾然不懼，從臉上揭下一張面具，露出眞實面孔。

竟然是安順王慕延！

「殿前的這個少年，根本不是和氏血脈，不能繼承皇位！」

定南王擺手調遣侍衛：「慕延，你在殿前一派胡言，已是千刀萬剮之罪，快快束手就縛！」

安順王冷冷道：「若我有證據該如何？」他舉起一樣東西。「不知樂少俠可認識少青山下的胡員外。」

樂越臉色微變。

安順王道：「我願束手就縛，請樂少俠找一間靜室，我有些話想說。」

眾官立即紛紛反對，樂越卻重重一點頭：「好！」即刻下令登基大典暫緩，命人將安順王捆起，送到大殿旁的靜室中。

安順王被五花大綁推進室內，神色依然泰然自若：「樂少俠，請你讓人取一碗涼水來。其餘人都退下。杜獻和他兒子可以留下，作個見證。」

樂越即刻按他要求吩咐。門扇闔攏，室內只留下樂越、安順王、定南王、杜如淵四人。

昭沅隱身站在樂越身後，隱隱不安，琳箐嘀咕道：「安順王葫蘆裡賣甚麼藥。」

昭灕搖頭嘆息：「這都是註定的。」

安順王道：「杜兄身上帶兵刃了吧。請你劃破本王的手指，滴一滴血在水碗中。」

定南王依言照做。安順王的雙手被捆在背後，定南王取出一把匕首，劃破他的手指，彎腰接了一滴血在水碗內。

安順王再道：「請樂少俠也滴一滴血進來。」

樂越的腦子轟的一聲。雙手微微顫抖，一把奪過匕首，劃破手指。

血滴進碗中，與碗底的另一滴血觸碰，融在了一起。

匕首咣啷在地，樂越跌坐到椅上。

安順王道：「如果覺得我做了手腳，可以讓你們的神神仙仙，過來驗一驗。或者再重新試驗幾次，皆可。」

樂越渾身關節喀喀作響，安順王直視著他面無人色的臉：「你不該叫樂越，也不叫和越，你本應姓慕，是我兒子。」

「你們關起來的，以為是我兒子的太子，實實在在是和氏的血脈！你們扶上皇位的這個，才是我的兒子！一群自以為是的蠢材！一群只會壞事的所謂忠臣！天不容和氏血脈，我慕家數代殫精竭慮，瞞過了天的眼，瞞過了神的眼！卻壞在你們這群自以為是的忠臣手上！」

安順王渾身筋肉將捆縛的繩索繃緊，轟然一聲，繩索盡碎。他撲上前，一把抓住樂越的領口：「小畜生！要是你還有良知，還想認祖宗，就即刻到大殿上去，將皇位還給太子！甚麼龍神說你是和氏血脈，看中你做皇帝？可笑！神是甚麼東西！連找慕延的兒子和眞正的和家後人都分不清！」

昭沅終於明白了，為甚麼在來京城的路上，他有一次從後面看到樂越的側影，會覺得他很像山壁上映出的年輕時的安順王。

「你要找的人在一個名叫清玄的凡人修道門派裡，凡是那種門派中的人，都會穿背後印有八卦和流雲圖案的衣服。你千萬千萬要記清楚，早日找到那個人。」

「……父王他很擔心你，天天豎著鱗片感應你，結果感應來感應去，老感應不到你和那位和氏後人定下血契的訊息……」

不是父王老糊塗了，是他根本認錯了人。父王所指的和氏後人的確確在清玄派內。是他走錯了門，碰見了慕氏的後人樂越，又錯認了九凌變成的洛凌之，最後誤打誤撞和樂越訂下了血契。

「……不過他的模樣我這輩子都記得，身量挺高的，濃眉毛，高鼻梁，對了……小哥你別生氣。那李庭的長相……和你有幾分相似……身量也像……要是你換身衣裳，從背後看簡直一模一樣，但味道差得就遠了。怪不得玉翹看見小哥你瘋得格外厲害。」

樂越反手揪住安順王的衣襟：「你說你是我爹，那你到底是哪個李庭？死在涂城之劫的李庭夫婦又是怎麼回事!?」

安順王鬆開樂越的領口，推開他的手，踉蹌後退幾步，長笑三聲：「怎麼回事？還不是這幫自以為是的忠臣！關鍵時刻從不見他們有用！我慕氏一族情願揹上世代罵名，只為了保全太子和熙一脈，我賠了自己一輩子、賠了我最愛的女人、賠上我的親兒子，沒想到……到最後卻是我兒子奪了太子的皇位！」

慕氏一族本是官宦大戶，但後來數代單傳，又家道中落，差點斷根。某位先祖為了給母親治病，出外求藥，一去不返。幸虧他家中剛過門不久的妻子已有身孕，生下了一個男丁。至那代之後，子息又略微繁盛起來，只是越來越窮。到了一百多年前時，慕家已淪為貧民，其中一支犯了點事，舉家被貶為官奴。

「先祖慕凌年紀很小時就在太學中做雜役，太子和熙微服出遊遇見了他，就收他當了侍衛。先祖敏捷過人，經太子和熙舉薦習武，進了禁衛營，最終成了太子的貼身護衛。就在此時，有所謂承繼天命的鳳神，扶持太子和熙的弟弟和暢，奪權篡位！弒兄奪位，真是神仙做出來的好事！」

和熙個性散漫，心計、手段都比不過和暢，他不想手足相殘，處處退讓，和暢就步步狠招。最終和熙敗亡已成定局，和熙便將慕凌喚來，告訴他，自己在民間其實有個兒子，目前是商賈子嗣的身分，姓李。讓慕凌千萬保住他們周全，不須報仇，只要世代平安便可。

慕凌奉此命令，便假意投靠到了和暢帳下，換來官位。表面上從此效忠鳳祥帝，私下裡卻偷偷尋到了和熙後代的下落，暗中保護。

昭沅默然地聽著，據他所知，太子和熙一脈千眞萬確沒有留下後代。那位李姓子孫，其實是昔日被和熙母親所害的皇后所生下的皇子後人。太子和熙為甚麼假稱那是自己的兒子讓慕凌保護，他又從何得知了那支血脈的存在，就不得而知了。

「先祖過世前，留下遺命，凡我這系慕氏的後代，必須世代暗中保護太子和熙血脈的周全。你曾祖、你祖父，還有我，都遵守此遺命，絕不違背。」

樂越瞇起眼：「而這一代，你要護的人，就是李庭？」

慕延頷首：「不錯，自鳳祥帝起，總有精通玄法疑似非我族類的人物盤踞帝側，常踞國師之位。

尤其前代國師馮梧，手段異常狠辣，爲了不讓他們發現破綻，必須使他們覺得我們慕氏是可信之人，所以，要做權臣。可那國師實在神通廣大，隔了幾代，竟被他得知和氏有支血脈散落在外，並且姓李的事。我不能讓太子和熙的血脈斷送在我手中，便向李庭表露身分。李庭的娘子當時已有身孕，不能到處奔波。我只得假裝替朝廷查訪李庭，假扮作他，有意混淆他的行蹤、相貌和身分，企圖引開朝廷的注意。就在那時，我發現阿蘿她也有了身孕……」

一個計策便在慕延心中成形。國師馮梧神通廣大，朝廷已撒下天羅地網。想瞞過馮梧保住李庭夫婦已不太可能，只能行瞞天過海之計，保住李庭夫人腹中的孩子。他有意將自己有個私生子即將出生的消息告訴公主，公主縱然個性溫婉，得知此事也不免回宮向皇帝和皇后哭訴。慕延假意妥協，告訴公主，他會與之前的情人一刀兩斷，將孩子抱給公主撫養。公主有不足之症，不能生育，聽到這個條件就同意了。

慕延又拖了朝廷幾個月，到底還是被朝廷掌握了眞正李庭的蹤跡。李庭夫婦當時正在涂城內，夫人恰好快臨盆，時間與綠蘿夫人差不了幾日。郡王百里齊的部下密告其謀反，馮梧便令告密的白震和周厲將百里齊逼退到涂城，再假藉清剿亂黨的名義血洗涂城，神不知鬼不覺地除掉李庭夫妻。

慕延主動向朝廷請求主辦此事，私下祕密將綠蘿夫人剛生下的兒子抱走，再請大夫爲李庭的夫人施催生術，提前臨盆，調換了兩個嬰兒。李庭夫人生下的兒子，眞正的和氏血脈，被抱回了安順王府，由公主撫養。

「我這一生，只對不起兩個人，一個是你母親綠蘿，一個是你。我爲了鞏固位子，只能娶公主，辜負了你母親；後來又爲了和氏的血脈犧牲了剛出世的你。所以，不管是在西郡還是你被抓之後，我明知道殺了你才能萬無一失，但對自己的親兒子，我怎樣也下不了手。」

樂越忽然想笑，帝冠的珠簾在他眼前搖晃，他覺得眼前的景物也在搖晃。

這算是怎樣一回事？

原來他不是樂越，不是和越，而是慕越。

原來他連卒子都不是，只是一枚棄子，用來保住眞皇子的一枚棄子。

他沒有千秋基業要揹，也沒有血海深仇要扛。

他向四周問：「原來我不是和氏的血脈，我是慕家人，你們還要我做皇帝麼？」

定南王、杜如淵、琳箐、商景、昭沅和昭灕，都沉默。

慕延敘述完前因後果，像陡然老了十歲，扶住桌子：「越兒，爹知道對不起你，也不指望你能認我這個爹。但你不能做這個皇帝。現在就去殿前，告訴百官，把皇位讓給和禎。」

樂越不語，緩緩轉過頭盯著昭沅，抬起左腕：「我不是和氏後人，我是慕越。這樣東西，還要麼？」

金光燦爛的血契線浮起，現在看來更像個笑話。

昭沅一時不知該如何回答。

千秋業，萬古城，始於龍，亂於鳳，破於百里，亡於慕。

原來竟然全部應驗。

最後一句，應在樂越身上。

樂越仰起頭：「老天，你成心要人是不是？」

透過珠簾，屋頂忽然晃動起來。

不只是屋頂，地面也晃動了起來。

琳箐挑起眉：「妖氣？不是已經沒事了麼，怎麼會有妖氣？」

外面傳來百官的驚呼，安順王、定南王和樂越躍到窗前，推開窗戶，竟看見一個鋪天蓋地的黑影壓向皇宮，黑影猙獰的首級上站著兩個人，卻是——

重華子與和禎。

和禎被挑斷筋脈的手腳竟都好了，狂笑著高喝道：「爾等逆賊，竟敢篡我皇位，本宮今天就賜你們死罪！」

百官四散逃竄，樂越一把抓下頭上的帝冠，甩下皇袍，跳出窗外，從廊下侍衛手中奪過一把劍，唸動《太清經》的法訣，仗劍而起，斬向黑影。

安順王高聲喝道：「莫傷了太子！」

琳箐現出身形，掠出窗外，又回頭滿面怒容地向安順王道：「你既然爲了太子可以犧牲自己的親兒子，爲甚麼還把太子教成這樣。就這種東西你讓他做皇帝？」

慕延一時愣住，琳箐已向黑影一鞭子甩下，猙獰的黑影立刻潰散。

和禎和重華子跳到地上，和禎雙目赤紅：「樂越，你這個雜種，膽敢冒充皇族搶我皇位，不把你剁成肉醬難解我心頭之恨！」輪著一把長劍，向樂越砍來。

他此時已近癲狂，一通亂砍，根本不是樂越的對手。樂越不想傷他，只是應付，但旁邊還有個重華子，稍微棘手。

定南王率領侍衛穩定住場面，向這邊圍攏來，和禎猙獰一笑，手在劍身上一抹，猩紅的血滴滴到地上，方才被琳箐打散的黑影竟又聚攏起來，比之前還大了一倍，黑影一掌拍下，侍衛們被四散震飛。

昭沅抬手一道光劈下，黑影又四散，但隨著和禎的血滴落，再度迅速聚攏，又大了一些。

昭瀰笑吟吟道：「這是那兩個凡人用了些禁術把戲，那個太子的血裡有可以引出妖魔的藥性，只要殺了他就行。可我們幾個神，都不能殺凡人吧。」

琳箐跺著腳向樂越喊：「樂越，關鍵在和禎身上，拿下他！」

和禎抬頭看天：「姑娘，連妳也和樂越一伙，要殺我？也對，妳本來就是和他一伙。那妳就和他一起去死吧！」他指揮著黑影猙獰撲上，眼中有著嗜血的快意。

這些人全是叛徒，全是雜碎，全該死！

只有澹台修還勉強是個忠臣，關鍵時刻，放出了師父。

師父由密道潛進皇宮，施法將他救出，重續他的手腳，動用密術，終於喚出了撲天滅地的魔。

甚麼是魔，甚麼是仙，能爲我用的，就是正道！

今天，就要血洗皇宮，將所有雜碎統統鏟除！

定南王舉劍擋下了重華子，樂越改奪過一桿長矛，拍掉矛尖，用矛柄點向和禎的肩膀，再兩棍敲向他的膝蓋，和禎跪倒在地，長劍脫手而出。

琳箐打碎再次聚起的黑影。昭瀰在半天空上涼涼道：「殺了這個人，此法立刻可解。」

樂越雙手頓了頓，敲昏和禎，飛快點了他幾處止血的穴道，可黑影仍舊因他已流出的血而聚攏。

樂越大聲喝道：「水！趕緊拿水！洗乾淨他的傷口。」

昭沅唸動雨訣，黑雲聚攏，淅淅瀝瀝落下雨水。

樂越藉著雨水擦乾和禎的傷口，撕下衣服上的布料裹住。琳箐拋下火球焚盡染血的布，黑影終於消失不見。

重華子已被拿下，慕延緩緩走到和禎身側，跪倒在地，將昏暈的他扶起。樂越站起身，轉過頭，就算安順王是他的親爹，可在他心中，自己這個親兒子怎樣也比不上太子重要。

樂越正想舉步離開，後心突然一涼。

他詫異地看見一截劍尖從左胸處穿出來。

他勉強回頭，看見了安順王驚愕的臉。

和禎放聲大笑：「樂越，本宮終於殺了你這個雜碎。哈哈哈！！！」鬆開劍柄，抱住安順王的雙肩。「爹，我殺了樂越，我們贏了，我可以做皇帝了。你和娘從今後就是太上皇和太后了，哈哈哈——」

樂越踉蹌地後退兩步，緩緩倒下。

怎麼會這樣，怎麼會突然這樣，他聽見淒厲的龍吟，遙遠卻驚天動地。一如那次在祭壇，被馮梧刺中時一樣。

只是這次沒有這麼好命，他的懷裡沒有揣陣法書和《太清經》，也不會再有師祖保命。

他勉強抬起左手，手腕上的血契線正在模糊，消失。

他生來就是個棄子，註定窩囊地生，也要窩囊地死。

「你應該找的人不是我，去找你眞正的命定之人吧。」

恍惚之間，似乎他不過要沉睡入一個恬靜的夢鄉，第二天醒來，又是大好時光。那條圓滾滾的幼龍鑽在他的枕邊，輕輕打鼾。甚麼紛爭恩怨都遠離。

昭瀧化作龍形纏住發狂的昭沅，強迫他變回人形，阻擋他撲向地面：「鎮靜，這本就是必然。」

琳箐恍惚地問：「甚麼必然？」樂越他不可能死，他吃過她的鱗片，他能和鳳君、龍神同時定血契，他能從涂城之劫中活下來，他是天命選定之人，他怎麼可能死。

昭瀧悲憫地看著下方：「麒麟公主難道沒有聽說過我們護脈龍的特性？我們護脈龍神假如在幼年時擇定天命之人，那麼定下血契的第一個人不會做皇帝。幼龍長大，脫鱗換角之時，就是那凡人壽數將盡之時。之後擇定的第二個人才會是新朝代的皇帝。也可以說，與幼龍定下血契的人，是新朝和護脈龍神的引子。」

昭沅慢慢抬起頭，恍若夢遊。

怎麼他不知道，他完全沒有聽說過，他從不知道會有這種事。

昭瀧瞇眼看著下方：「引子死了，正主也該出現了吧。」

連在昭沅和樂越之間的血契之線消失了，龍珠自動地從昭沅口中衝出來，在半空中打著圈兒，龍脈游弋，彷彿在判斷找尋。

「在下名叫樂越，乃此青山派中的首席大弟子，大家相識一場，就是緣分，請問龍賢弟你貴姓？年歲幾何？」

「行走江湖，當互相照顧嘛，咱們是朋友，這是應該的。」

「誰說你幫不上，你幫了我很多！說起來，是你先讓我幫你找皇帝，又讓我做皇帝，我才到了今天這一步，你要對我負責。」

陰雲密布，滂沱大雨直落而下，落雷閃電驚天動地。

護脈神？到底爲甚麼做這個護脈神？

爲了從鳳凰手裡奪回龍神的位子，爲了建立一個江山，守護一個朝代？

其實他也不知道怎麼建立江山，怎麼守護朝代。

他只想守護樂越的江山，樂越的朝代。

他想一直陪伴樂越，看塵世春秋冬夏，大好光華。

一道電光擊中了龍珠，龍脈從龍珠中脫飛而出。

□

樂越在朦朧中睜開眼，發現自己正在青山派附近山脈的一個山坡上，隱約可以看見清玄派巍峨的殿閣浮在雲靄之中。

到底爲何會在這裡，他想不起來了。有甚麼重要的人、重要的事從腦中一閃而過，而後又忘掉。

樂越拍拍頭，漫無目的地向上走，看見前方的山頂上站著一個熟悉的身影，青色衣衫上的流雲紋隨著清風，好像眞的會流動一樣。

樂越立刻喜悅地疾步上前，喚道：「湊之。」

那個身影回過身，向他露出熟悉的微笑。

樂越走到他身邊：「啊，我就在想我忘了甚麼事，一定是忘了約你見面的時辰了。」

他在草地上揀了個地兒坐，隨手拔下一根草叼進口中，洛凌之在他身邊坐下，一起看遠處的山巒景色。

樂越道：「你來多久了？今天師門中事情多不？有沒有做錯事……啊對，你肯定不會做錯事的。」

洛凌之道：「我做錯了事，已經被罰了。」

樂越愕然：「啊？罰得狠麼？」

洛凌之微笑道：「還好，不重。」

樂越上上下下地打量他，確定他似乎沒有事的樣子，才放心地仰躺在地上：「那你以後小心點，特別是我們偷偷見面這事情不能被你師父發現。要不然……」

不對，好像幾年前，自己就跟洛凌之反目成仇了，那時候還是小孩子來著，怎麼現在突然跟小時候一樣見面了？

樂越猛地坐起身，洛凌之挑眉看他：「想到甚麼了？」

樂越揉揉額頭：「沒甚麼。」

不知爲何，他突然甚麼都不想多考慮。

「我只是在想，這裡風景眞不錯，要是能一直都在此處，看日出日落、雲生雲起就好了。」

洛凌之卻站起身：「你不能一直在這裡，你該回去了。」

樂越詫異，不知不覺也跟著起身：「我才剛來。」

洛凌之微微笑著：「你忘了麼？時辰到了，越兄，你該回去了。」

樂越拍拍身上的草：「老規矩，我先走？」

洛凌之頷首：「老規矩。」

樂越回轉身，下山的路突然變得模糊起來。

他再一轉頭，洛凌之也漸漸變得模糊遙遠。

他抬手想抓，卻突然睜開了雙眼。

第十六章

青山綠水到底總相見，
不論天上人間。
山海紀之龍緣，自此始，自此終。

師兄，展信佳。

最近你過得好不？我和師弟們都很想念你。

清玄派的弟子還是哭著要加入我們青山派，前兩天收徒時，隊伍都排到山門那裡，我和樂秦、樂晉每天都團團亂轉，連樂魏都收徒弟了，嘿，眞不知跟著他能學成甚麼樣子。我要囑咐廚房小心看緊些。

樂韓越來越囉嗦了，每次他一講經，底下的弟子準會全部睡著，我不能每個都罰，祖師堂裡跪不下啊。大師兄你知道有治囉嗦的方子沒，推薦給我一個。

另，白狐夫人讓我問你，你給我們找到嫂子了沒有，如果沒找到，她有個漂亮的同族妹妹想介紹給你，聽說很嫵媚。

對了，上次你送來的酒很好喝，樂魏很喜歡，能再送幾十罈不？

樂越拋下手中的信紙，笑道：「這個樂吳，越來越不像話，每次來信就是要東西，當他大師兄我來錢很容易？我是大俠，不是財主！」

杜如淵翻著書慢悠悠道：「越兄，你就得意吧，難道我們看不出你的顯擺之意？令師弟如今撐起了一方門派，今後你捅下再大的婁子也有師門撐腰。」

樂越摸摸下巴：「是啊，我們官道上有皇上撐腰，江湖上有天下第一玄道門派青山派撐腰。難怪別人老來砸我們的牌匾，說我們天下第一俠的名頭來得有貓膩。」

孫奔向口中丟了一顆炸蠶豆：「有後台怎麼了？有後台更證明我們是金字招牌。童叟無欺。」

飛先鋒嗯嗯地點頭。

「哐噹」，一聲巨響自大門處傳來。

一個操著山西口音的聲音在門外叫囂：「奶奶的，現在的毛孩子真是不知天高地厚！這種牌匾也敢掛！我晉中黑風俠不過閉關幾年就被當成死人了？掛這種匾，先問問老子手中的大錘答不答應！」

廳中一時寂靜，只有商景喝茶的聲音淡定地吱了一聲。

「咣噹」，這次是門板落地的聲音。

「哪個孫子敢出來與老子一戰？」

廳中再沉默，琳箐抓起一把瓜子：「這個聲音，聽起來是人。」

商景淡定地道：「嗯，不是妖。」

琳箐抛下瓜子殼，向外一比：「那不關我們降妖堂的事，你們出去吧。」

樂越拍拍衣衫起身：「就由我這個總舵主出面與他一戰吧！」

話沒說完，一枚核桃就丟到了他身上。飛先鋒扮個鬼臉，唔唔吱吱幾聲。孫奔露出雪亮的白牙：「總舵主？誰答應的？」

杜如淵也捲起書：「是啊，越兄，不可自封，不可自吹啊。總舵主，你麼？呵呵！」

樂越嘆道：「世風日下，人心不古啊。好歹我也差點做過皇帝，做個總舵主怎麼了？」廳中的眾人都好像沒聽見一樣轉過頭。

樂越挑了把鈍口長劍，迎了出去。

左胸的傷口，如今只留下一枚淺淺的印記，是羽毛的形狀。九凌逼他吃下的鳳丹，由九凌僅剩的法力凝結而成，在最後救了他的性命。

他睜開眼後，發現的是一片混亂。和禎已瘋，百官在滂沱大雨中茫然無措，樂越驟然復活，大雨頓住，百官以爲神蹟，匍匐在地，口呼萬歲。

山呼海蹈中，樂越看了看自己已甚麼線都沒有的左腕，心中一片輕鬆。他大步走到大殿廊下，高聲道：「各位大人請起。安順王爺說的不錯，我的確沒資格做皇帝，我也沒資格做樂王，我樂越就是個老百姓的命。在皇宮混吃混喝了這麼久，實在對不住。」

百官驚詫，有人高呼道：「樂王殿下萬萬不可，你是承天命之人，你若不做皇帝，江山社稷將由誰來擔起？」

樂越撿起那頂帝冠：「我知道有一人，可堪此任。定南王杜獻，仁慈睿智，才是眞正的帝王人選。和氏江山已到盡頭。只要能造福百姓、讓天下太平，何必計較做皇帝的到底是姓和，姓張王趙李，還是姓杜？」

樂越舉起帝冠，雙手交予定南王：「如今天下，除了定南王爺之外，再沒有人能盡快還社稷一個太平了。請王爺爲了天下，收下這頂帝冕。」

樂越看向定南王的頭頂上方，那裡從他醒來時，就已懸著一抹金色，他認得出那是昭沅的龍脈。

自他睜開雙眼的剎那，昭沅便撲在他身邊，只是他已無法變成昔日那條小龍鑽進樂越懷中；即便此刻，昭沅揪著樂越的衣袖站著，也不復往日稚氣的少年模樣，而是雍容華貴的龍神形容。

他是樂越，不是皇族血脈，也不是甚麼承天命之人。皇位不屬於他，護脈龍神也不屬於他。

他只是一個引子，作用已到，而因這段錯結的緣分，結識一個名叫昭沅的好友，他很欣然。

樂越拍拍昭沅抓住他衣袖的手，將他的手拉開。

他大步向前走，走向皇城大門，走向外面的大千世界。

那才是屬於他的天下。

晉中黑風俠掄著大錘，在門口拉了個架勢，向著樂越衝來，樂越揚起劍迎上去。

哐！咚！乒！幾十招後，晉中黑風俠的大錘脫手而出，砸歪了旁邊的一棵小樹，驚飛了幾隻看熱鬧的鳥雀。

晉中黑風俠大吼一聲：「好小子，倒有兩下本事，今日老子還有要事，來日再戰！」跳上一頭黑驢，絕塵而去。

樂越遙遙向著他的背影抱拳道：「多謝指教，隨時恭候。」

琳箐站在山門內笑嘻嘻地說：「我看你是等不到他了。」

一個一直站在樂越不遠處的身影扶起那棵被砸歪的小樹，手中金光一閃，小樹又神采奕奕地直起了身體。

琳箐向他道：「哎呀昭沅，我早說了，這種樂越一打就贏的小仗就不要來看了，無聊得慌。」

昭沅向她微笑道：「妳說無聊，還跑得比誰都快？」

琳箐立刻道：「因爲不看更無聊。」

樂越向昭沅挑挑眉，兩人都不再說甚麼，繞過琳箐，直接向內院走去。琳箐跺跺腳，喂了兩聲，追上去。

樂越回到廳內，照例抓起茶壺，倒了兩杯水，遞給昭沅一杯。

昭沅接過，茶水碧青，不是甚麼上好茶葉，卻有最醇正的清香。

那日，皇宮中，樂越撥開了他的手，大步離去，他愣怔在當場，龍脈在定南王頭頂盤旋，化成細絲，一端繞上定南王的手腕。昭瀰催促他道：「還傻站著做甚麼，趕緊掏出龍珠。」

昭沅沉默片刻，向昭瀰道：「哥，剛才我想碎了龍珠救樂越，可能龍珠損傷太重，我吐不出來。」

昭瀰皺眉：「怎麼會這樣，我就說，我們是神，不必對凡人太上心。也罷，我用龍珠幫你引一引。」吐出自己的龍珠，盤旋到昭沅面前。

昭沅忽然一抬袖，將昭瀰的龍珠推向半天空的龍脈，昭瀰頓時醒悟，探手想抓回龍珠，堪堪要搆到時，昭沅呼地吹了一口氣——

龍脈拖著金線的另一端一頭扎進了昭灕的龍珠內，金光閃爍後，一根金線結結實實地捆在了昭灕的左前爪上。

昭灕百餘年的龍生中初次傻住：「這……這……」

昭沅拍拍他的肩膀：「哥，我覺得，這個護脈神，還是你做合適。父王一定也這麼認爲。我會幫你轉告父王、母后，他們肯定會很欣慰的。正好你也很欣賞定南王爺，就這樣了。江山社稷，人間太平，從此就看大哥你了。」

昭灕看著昭沅飛快離去的背影，一口血幾乎衝口而出。

俗世啊，污濁的俗世啊。

竟將可愛的、傻頭傻腦的小昭沅，污染得會對親哥哥使詐了。

天空，又陰陰地下起了淅瀝小雨，那是新一任護脈龍神悲痛的眼淚。

琳箐追到大廳門前，無語地哼道：「一人一龍，總是串通一氣。」肩膀上被甚麼砸了一下，回頭看，是飛先鋒拍著翅膀在向她嘎嘎笑。

孫奔靠在廊下的樹上，揚揚皮囊：「後山挖草藥，去不去？」

琳箐立刻跳起身：「當然去。你快跌下山崖時，可別指望我拉。」

孫奔的嘴角抽了抽：「好像從沒發生過這種事，孫某從來都……」

琳箐撇嘴：「是啊，你從來都厲害得很。」

那時候，她跟著樂越來到了這個山頭，某天，卻發現孫奔帶著飛先鋒站在門外。

她很詫異：「你不是屢戰屢勝的大功臣麼？杜如淵他爹肯定很欣賞你這種人吧，你為甚麼要過來啊。」

孫奔嘆息道：「唉，不要提了。定南王爺，啊，現在應該說是當今聖上，他為人正直，妳知道，我做過土匪，有案底的；而且我這人脾氣不好，和同僚處不來。還有，皇上他最不信鬼神之事，飛先鋒是隻妖猴，他看不慣。」

揹著小包袱的飛先鋒嗯嗯兩聲，抬起水汪汪的委屈雙眼。

琳箐硬著嗓子說：「留你們也可以，但是不能再搶劫啊，我們是要做大俠的。」

孫奔露出雪白的牙齒：「那當然，我早已從良了。」

琳箐跳到山澗邊，將雙腳浸泡在水中，停止回憶往事。

孫奔從背囊裡取出一樣東西，遞到她面前：「吃不吃？」

琳箐詫異：「五仁酥？你甚麼時候偷偷到山下買的，藏得真緊。好吧，看在你分我的份上，我不揭發你，不過你要把剩下的都拿出來。」

孫奔嘆氣道：「好。」

琳箐咬著糕點，笑得如雲霞般燦爛，孫奔也不由露出微笑。

他其實有一個祕密，一直沒說。

十幾年前，血覆涂城之後，他被從天而降的黑色怪獸救起，醒轉後，他發現自己躺在一間精緻的臥房內，一個黑衣人站在床邊。

黑衣人道：「這裡修煉的道人，是我的好友。你從今後就在這裡住下，和他學習武藝吧。」

他問：「你是甚麼人，為甚麼要救我？」

黑衣人笑了笑：「我和你沒甚麼關係。不過我有個女兒，叫琳箐，將來你會遇見她。她有些嬌慣，但是個好孩子。希望你們能投緣。」

天近正午，杜如淵握著書打了個呵欠：「看來今天沒甚麼大事發生，我先回房寫封家書好了。越兄，你要不要一道寫一封？安順王爺夫婦肯定也很想你。」

樂越點頭：「好。還有，我爹已經不是安順王了。倒是你那邊，你爹到底準備立哪個弟弟當太子？」

杜如淵道：「唉，不用提了，那幾個孩子剛換完牙不久，就開始學爭鬥了。爹很惆悵，總之，過兩年再說吧。吾現在只有兩大願望，一願爹那邊的事情別再扯到我，二願舅舅別逼著我成仙。」

杜如淵也是某一天出現在門口的，扛著一個破舊的書箱，書箱上趴著商景。

樂越嚇了一跳：「太子，你怎麼來了？」

杜如淵抬手：「求你千萬別這麼叫我，叫了沒朋友做。吾平生只願與書為伍，不是做皇家人的命。再說，我娘怎麼說是個仙，天庭也不會容我做皇帝的。」

說話間，進了屋，找了間臥房，直接擱下了行李。

杜如淵在房中，攤開信紙，提筆蘸墨，他不想對幾個幼弟的事情參與太多，避而不提，過幾年他們再大些，恐怕他要迴避得再深些。自古無情帝王家，來日到底繼承皇位的是哪個，杜氏江山能走多遠，他都不願多想。

他有時候挺羨慕樂越。

安順王已經徹底放下了，以一個平民的身分和綠蘿夫人住在江南的一座宅院中，成天種花養魚，十分愜意。

宅院的後廂房中，住著一個瘋癲的人。鮮少有人知道，他的名字曾叫和禎。

傍晚時分，樂越搬把躺椅在廊下打盹，昭沅在他身邊坐下：「對了，九頌今天給我傳了個信，澹台小姐生了個女兒。」

樂越沉默片刻，哦了一聲。

小月亮，那個曾和他一起放風箏的小月亮，到底和他沒有緣分。

澹台修放出了重華子與和禎之事，杜獻沒有追究，澹台修主動辭去了官職。避居一年後，又被朝廷重新起用。可澹台容月終究無法拋下父母，跟著樂越闖江湖。

兩年前，她嫁給了一位門當戶對的世家子弟。據說那人為人正直，才學不凡，是朝廷新秀。夫妻琴瑟和諧。

人生總有缺憾事，但那個恬靜端莊的女子，樂越會永遠記得。

「跟我一樣，容月也是九頌鳳君的引子吧，她生的這個女兒，才是將來的皇后，對不對？」

昭沅淡淡笑道：「這是天機，說破就不好了，再說，也與我們無關。」

樂越打個呵欠：「不錯。」

滾滾俗世，大好年華，等著享受的太多，實在沒時間操別人的心了。

待今日新月升又落，明朝旭日起，又是新的一天。

光陰似流水，轉眼數十年。

昭沅站在新堆好的土前，身後仙使催促道：「龍君，請快啓程吧。」

昭沅應了一聲，將杯中酒倒在石碑前。想來那人如果正看著，必定會說，一杯太少，一罈才好。

痛快江湖，痛快到老。

臨了也說，今生無遺憾。

來生是否有緣，那要看湊不湊巧了，不必刻意。

天庭的日子閒散適意，過得更快，浮光掠過，人間已是幾百年過去了。

琳箐和商景都來看過他。

杜如淵已入了仙籍，孫奔也在崑崙宮謀了個差事。

琳箐和商景都半試探地問他，有沒有找過樂越的轉世。

昭沅搖頭。

人間已又換了一個朝代，昭灕終於不再是護脈神了，第一件事就是到天庭來打了他一頓。

杜如淵沒有去尋過他父親的轉世。昭沅也不去尋樂越。

緣分要看湊巧，不必刻意。

記得當年琳箐還哭著說，為甚麼只有樂越呢？他明明吃過麒麟的鱗片，還有九凌的法力啊。

昭沅道，這大概也是樂越的願望，他喜歡這樣過一輩子，有頭有尾。

昭沅在府邸中坐著，不覺又是太陽星出去當值的時刻。他踱出府外，隨意閒步，不由自主走到南天門前。

向下看就是人間。

雲霧繚繞，看不分明。

把守的兵卒已都和他相熟，點頭笑道：「龍君又來了。」

昭沅看了片刻，正要離開，忽然聽到另一旁傳來說話聲。

「喂，你也是剛來天庭的麼？那今後多關照哈。兄台貴姓？」

昭沅側過身，只見一旁的仙池邊，走來兩個小仙，一個梳著雙髻，看服飾是兜率宮的小仙童。另一個身量高些，眉目俊朗，倒像個凡間少年。

昭沅的心突然緊縮起來。

小仙童鮮少被人搭話，囁嚅著說：「我叫雙合。」抬眼看見了昭沅，連忙行禮。「龍君。」

少年看向昭沅：「你是龍君？」

小仙童拚命拉他衣襟，暗示他行禮。少年抓抓後腦，爽朗地一笑：「我頭一回來天庭，不懂規矩，你別見怪啊。對了，我叫禹劭南。能否請教龍君大名？」

小仙童已經快把他的衣襟拉破了。

昭沅微笑：「我叫昭沅。」

數百年浮生彈指過，山海內，天地間，那人終與龍有緣。

《龍緣　卷肆》完

番外

九天雲蹤

壹

從南天門到龍族戰營，萬里雲路，只需瞬息。

鳳君九遙站在雲上，俯視著下方的營帳，徘徊許久，猶豫難決。

天庭和魔族的戰事正在最激烈緊要關頭，天庭接到舉報，神霄仙帝帳下的左將軍應澤與魔頭貪耆關係非同尋常，恐有私相授受、洩露軍情之事。

九遙萬萬沒有想到，監督應澤，徹查此事的差事竟然會落在他身上。

因紫虛仙帝丹絲和神霄仙帝浮黎素來不和，鳳族和龍族之間的關係頗爲微妙。應澤是應龍，據說這種龍比一般的龍個性更孤傲暴躁。九遙在天庭上與應澤打過幾次照面，暴躁倒沒看出來，但確實十分沉默寡言。

九遙一向最怕得罪人，偏偏接到了這件最得罪人的差事。天庭命他即刻上任，他接了法旨就出了南天門，連見到應澤該如何婉轉地說明此事都沒有想好。

再怎麼婉轉也免不了尷尬。

九遙嘆了口氣，就在此時，他隱隱感到一股異樣氣息，從遠處的雲上傳來。

他側首，只見一抹黑影在雲中一閃而過，巨大的雙翼沒入雲浪。

是龍的氣息。有翼的黑龍，只能是應龍。

應澤？但為何，應龍去往的方向，是魔族的營帳？

九遙正在思忖，遙遙聽見有個聲音朗朗道：「那雲上的，可是天庭遣來的仙使？」

九遙回過身，只見一名穿著鎧甲的少年踏上雲端，向九遙拱手笑道：「原來仙使竟是九遙君座？失敬失敬。帳中已備好酒菜，請君座隨我來。」

九遙識得這少年是四海龍王的弟弟敖明，神霄營帳下右將軍，與應澤將銜相當，卻來幫他迎客。聽聞應澤在龍族中人緣亦不算好，難道竟是傳聞？便笑道：「有勞敖明殿下。」

左將營的主帳，仙氣騰騰，瑞光萬道，九遙頓時明白了，為甚麼來迎他的不是應澤的屬下，而是敖明。

他進了帳內，帳中橫著兩列桌椅，桌上擺滿酒菜，桌旁坐著龍族諸將。左列之首，一個黑色鎧甲的男子站起了身，是應澤，敖明走到右列之首站定。

營帳上首最當中的座椅上，霞光刺眼，仙氣繚繞，竟然是神霄仙帝浮黎。

九遙的頭皮怵了怵，浮黎帝座親自擺下接風宴，龍族給他的這個下馬威可真夠大的。

他倒身叩拜，聽得上方的仙帝冷冷開了御口：「老山雞近來還好麼？」

九遙知道，這個「老山雞」指的是他們丹絑仙帝，就好像丹絑仙帝都用「老泥鰍」代指浮黎仙帝一樣。

旁側的龍族將領中傳出輕笑聲，九遙起身，從容道：「丹絑帝座在降魔前線，小仙奉旨留守天庭，故而最近未曾拜見過。」

浮黎微微頷首：「老山雞比本座體恤下屬，此次降魔之役，我龍族傾數出戰，不像他，還想著讓你們休息。」

龍族的將領們又有的哄笑出聲，九遙也笑了笑道：「龍族驍勇善戰，三界中無可匹敵，不似我鳳族，有些像小仙這般法術平平，上了戰場只能拖後腿的無用之輩。讓帝座和諸位仙友見笑了。」

敖明插話道：「君座忒謙虛了，玉帝陛下親封你為監察使，督管我等，君座若還自謙無用，我等豈不無地自容？」哈哈笑了兩聲。

九遙在心中斟酌詞句，好圓過敖明這句有些尖刻的話，龍族的態度他十分理解，這廂在戰場上搏命，那廂卻被猜忌，換作是他，恐怕心裡也會憋屈。他既然擔了這份差事，遭此對待，實在合情合理。

他正要開口，一直沉默的應澤突然道：「九遙君座，入席便要吃酒了，我先敬你。」徑直斟了一碗酒，一飲而盡。

敖明這才又呵呵笑道：「是了，光顧著說話，還不曾請君座入席。」浮黎微微頷首，敖明將九遙讓進席中。

九遙隨即斟了一碗酒：「此酒本當我來敬。在龍營中的這段時日，還望應澤將軍與眾仙友多擔待。」也一飲而盡，龍族的酒果然夠辣，勁夠足，與他慣飲的酒大不相同。

敖明撫掌道：「君座痛快，我也敬你！」向旁邊丟了個眼色，左右會意，立刻又拍開幾罈酒。

這酒，是特意安排下的，龍族中最烈的酒。龍族一向護短，不管應澤在族中如何不受待見，一隻鳳凰居然敢來挑他的刺兒，所有的龍心裡都不大痛快。

於是龍族諸將輪番來敬九遙，打定了主意，把這個前來找茬的鳳凰灌暈了，讓他先丟丟人。

幾巡喝下來，卻見九遙竟然面不改色，依然談笑自若，倒是幾位量淺的龍將舌頭有些大了，在場的龍不由得都心生詫異，敖明打了個酒嗝：「嗝，九遙君座眞是好酒量……」

九遙謙虛道：「一般般，一般般。」恨得龍將們牙根直癢。

敖明一拍桌子，拎起一整罈酒拍開泥封：「君座，一碗碗喝……忒小家子氣了！你，嗝，你我兄弟乾這一罈……如何？」

九遙擺擺手：「罷了，今天實在不能再喝了，來日我做東道，再與敖明殿下拚酒。」

敖明哂笑兩聲，眼白中都泛著紅光：「九遙兄這是……不願與，嗝，與我吃酒麼？吃酒不吃到躺下……嗝，不是龍族的規矩！」

九遙看著敖明直勾勾的眼，其實他要把敖明喝到桌子底下去，不算難事，怕只怕，喝倒了一個敖明，龍族越發不會讓他豎著走出這頂營帳。

砰！那廂敖明已經又拍開了一罈酒，拎到他面前：「九遙兄，請！」

九遙沒奈何，正要伸手，一抹黑色的衣袖擋在他面前，接過了那罈酒。

敖明微怔，九遙也愣了愣，應澤舉著酒罈轉而向上首的浮黎仙帝道：「帝座，末將忽然想起，下午還要去探魔族營帳，便來不及招呼九遙使君了，不知能否容末將先行告退，引使君去安頓。」

浮黎仙帝擰眉看了看應澤：「也罷，你便與這小鳳凰先退下吧。」又瞥了一眼九遙。「向天庭覆命時，替本座轉稟玉帝，應澤乃我屬下，他若有錯處，都是因我縱容而致。見到那老山雞，也幫本座捎句話，讓他千萬保重，萬一成了魔族盤中的烤雞，本座一定會沉痛悼念他。」

貳

退出營帳，九遙長舒了一口氣，眞心誠意地向應澤道：「應澤將軍，多謝。」

應澤的視線望著前方，面無表情地說：「九遙使君不必客氣。」

九遙微笑道：「軍營之中，以將軍爲尊，直呼我的名字便可。」

應澤仍是面無表情：「哦。」依然望著前方，大踏步地往前走，看也不看九遙。

九遙不以爲意地笑笑，跟上應澤的腳步。

應澤住的營帳離舉行接風宴的大帳不遠，只比旁邊的偏將和兵卒帳篷略大一些，營帳前豎著一桿旗幟，旗幟大紅的底色上繡著一隻展翅騰空的應龍，在風中獵獵飄揚。

帳外沒有親兵把守，應澤撩開門簾，九遙跟著他入內，帳中並無隔斷，一目了然。只有一張桌案、一個沙盤、一座掛鎧甲和兵器的木架，角落裡擺著一塊墊子，權作床鋪使用。

應澤走到桌案邊：「所有的書信都在這裡，使君隨便查看。只有這一摞軍情文書不能翻閱，但浮黎帝座或其他同僚看過，能爲我作證。」

九遙道：「將軍誤會了……」看著應澤岩石般的臉，竟有些詞窮，差點不能繼續婉轉下去。「只是……天庭唯恐謠言作祟，才派我前來，只當是替將軍再添一個幫手……」

應澤硬梆梆地截斷他的話：「你不必如此委婉，我知道，你來，是要查我。我從不會做對不起天庭的事，所以你，儘管查。」

九遙道：「我相信將軍的清白。」

應澤冷冷地看著他：「我的清白，不需要別人相信。」

「……」九遙一時無言以對，只好笑。

應澤拿起桌案上的一只銅鈴，搖了兩下，片刻後，兩個龍族小兵抬著一張床吭哧吭哧進了營帳，應澤負手，看向九遙：「軍中簡陋，將就睡吧。」

九遙愣了一愣：「應澤將軍，我如何能住主帳？這……實在有些不便，請隨便找頂小帳予我住便可。」

應澤抬了抬眼皮：「與本將同住，使君查起來，更方便。」一擺手，示意小兵將床鋪抬到角落那塊墊子對面。

九遙只能苦笑，正在此時，一個小兵箭一般衝進營帳：「將軍！將軍！那貪耆在外面叫陣哩。」

應澤神色一變，抓起劍匆匆出了營帳。

九遙隨在應澤身後踏上雲頭，眨眼到了百里之外的營寨大門前，對面的山峰頂上，黑霧騰騰，只有一個小魔在黑雲上耀武揚威。

小魔身不滿五尺，頭上頂著一根角，一副猥瑣形容，九遙不由得詫異，難道魔族中鼎鼎大名的魔將貪耆竟然是這般模樣？

小魔伸長了脖子，對著應澤叫罵：「應澤，你這隻縮頭爬蟲！磨磨蹭蹭，不敢應戰！我們陛下等得不耐煩，擺駕回洞府了！留爺爺我在這裡帶話給你，你們這幫天兵神將，忒不中用，趕緊歸降。我們陛下洞府的打雜小廝中，還差個抬恭桶頂夜壺的，看在昔日的情分上，可以賞你這份肥差！」

應澤身邊的偏將廣恩氣得龍鱗片片豎起，抬手喀地一道電光劈去，那小魔嗷地跳起，尾巴冒煙轉頭嚎叫著奔逃：「天兵天將以多欺少啦——！天兵天將以多欺少啦——！！！」

廣恩連鬍鬚都氣直了，向應澤道：「將軍，屬下請戰！這就去端了那貪耆的洞穴！」

應澤轉回身，吐出兩個字：「回營。」

廣恩的鬍鬚抖了抖，待要張口，瞥了一眼旁邊的九遙，臉色鐵青，將話嚥下，回到了營帳前，到底還是忍不住，把手中長刀重重往地上一插：「將軍，屬下不解！爲何將軍對那貪耆只是避讓!?這樣豈不更讓某些想找茬的越發起疑心，自己將把柄往人家手裡送麼!?」

九遙袖手站在一旁，只當他說的不是自己，權作置身事外。

應澤簡潔地道：「這是誘敵之計。」

廣恩的臉色漲得紫紅，大聲道：「就算前方有十萬魔兵埋伏，難道我們還怕了它!?」

應澤不答話，掀起簾子進了帳篷。

廣恩的臉青轉紫，紫轉青，最終重重一跺腳，拔起長刀，大步離去。

九遙進了帳篷，只見應澤坐在桌案邊，手中把玩著一件東西沉默著。九遙走到桌前，輕嘆一口氣：「我有幾句話，將軍聽了莫怪。之前我心中一直疑惑，將軍性情耿直，行事磊落，爲何會生出些子虛烏有的謠言傳到天庭，讓我得到這份差事。但經過方才之事，我忽而明白，有些是非，的確事出有因。」

應澤連眼皮也沒動：「剛才的事，使君儘管向天庭稟報。」

九遙微微皺眉：「將軍爲甚麼不肯將原因說明？」

應澤一臉不耐煩地抬頭：「說了，他們也不信。」

「你不說，怎知他們不信？」九遙道。「起碼我信。」

應澤擰著眉看了看他，轉過視線，生硬地開口：「剛才的小魔，根本不是阿沐的部下。阿沐生性好排場，一定要相貌堂堂、形容體面，他才肯收作屬下。那魔冒充阿沐的部下叫陣，定有蹊蹺。」

九遙猶豫著問道：「將軍口中的阿沐，是指……貪耆？」

的確很容易解釋出誤會啊——如此熟稔地稱呼貪耆的小名，又顯得相當熟悉他的脾氣，明顯關係匪淺。

應澤道：「貪耆是天庭給他起的綽號，他叫應沐。」

九遙試探著問：「他和將軍是……」

應澤把手中把玩的東西收到懷中：「他是我的兄弟。而今三界中，只剩下兩條應龍，就是我和他。」

九遙回想起剛到龍營時，在雲上看到的那隻去往魔營方向的應龍。

原來那不是應澤，而是貪耆。

方才應澤一直在把玩的東西是一枚牙齒，九遙聽說，龍族會把自己換下的牙齒送給最重要的人。那枚牙齒的主人，應該也是貪耆。

當晚，九遙攤開呈給天庭的摺子，只簡略寫道，暫未發現甚麼不尋常。

今天的事情及應澤對他說的話，他不準備呈報天庭，倘若報上去，只會讓應澤的嫌疑更重。

九遙覺得這樣處置最恰當，因爲他做這個監察使，不是要給應澤定罪，而是要讓天庭的一名將軍，不要蒙受冤枉。

呈天摺化作金光奔向了天庭，九遙打了個呵欠走進帳篷，應澤已寬下外袍站在墊子邊，一副準備就寢的模樣。

「是了，使君要沐浴否？我讓他們去備水，只是這裡沒甚麼好水。」

九遙走到床邊，拍拍衣袍：「多謝，今天實在太懶，明日再說吧。」彈了彈手指，床上的墊子便飛到地上。「我覺得睡地鋪寬闊些，將軍不介意吧？」掀開被子躺下。

應澤的眉毛動了動，亦在自己的墊子上睡下，帳篷頂上，照明用的明珠自動落入不透光的黑袋中，帳篷裡一片漆黑。

九遙正要入睡，突然聽見應澤道：「使君不大像鳳凰。」

九遙詫異，又聽應澤接著道：「我以爲，鳳凰都花閃閃的，有潔癖，你卻不洗澡。」

九遙不禁失笑：「不是所有鳳凰都花，我是青鳳，顏色素些。我們族中鳳凰太多，總有一、兩個懶些，髒些的，比如我。」

應澤哦了一聲，片刻後又道：「你很能喝酒。」

九遙道：「我爹好酒，更好釀酒，所以我打從出殼起就在酒中過日子，雖說鳳族的酒比不上龍酒濃烈，但這樣日積月累，喝酒於我來說，其實就和喝水一樣。」

應澤又哦了一聲，再過了一時，又道：「鳳族的酒，我未曾喝過。」

九遙笑道：「待戰事結束，我請將軍吃酒。」

黑暗中，只聽得應澤道：「嗯。」再無下文。

九遙唇邊的笑停了許久才消去。這般看來，應澤不算條難以相處的龍，大概因爲不擅言辭，時常遭到誤解罷了。

參

九遙在龍族營帳中，眨眼過了月餘。

這一個多月來，他寫往天庭的摺子千篇一律——並無異常、並無異常、並無異常……

應澤出戰時，他也跟在一旁。打仗九遙不擅長，但治治傷，用點法術牽制陣形，或者龍將們噴電吐霧降魔時，在一旁助一把風勢，這些零碎小忙他還幫得上。

一來二去的，應澤的部下們都忘了他這個「監察使」是天庭派下來抓將軍小辮子的，只把他當成一個萬能的幫手，這裡傷了、那裡破了、魔族擺的陣形陣眼找不到了之類的事情一出，就前仆後繼來找九遙。

這事那事層出不窮，但九遙只有一個，天兵們只好排隊等候，等得不耐煩了就和應澤說：「將軍，這事兒太多了，九遙使君自己忙不過來，再去向天庭多要幾個吧。」

應澤板著臉不語，九遙只在一旁笑。

這一個來月裡，應澤和貪耆交過三次戰。

貪耆與應澤不是親兄弟，變回龍形真身的時候卻比親兄弟還相像，令九遙詫異的是，貪耆每次在戰場上，雖然都渾身黑氣騰騰，但並沒有多少魔氣，與應澤的氣息十分相近。

倘若貪耆混進龍營，可能沒幾個人能分辨出來。

還好貪耆與應澤人形仙身的模樣分別較大。應澤比貪耆魁梧了些許，相貌更堅毅沉穩，貪耆還半像個少年，飛揚的眉眼中盡是倨傲，鋒芒咄咄逼人。

這兩條應龍一交手，貪耆就開罵，邊打邊嘲諷，挖苦應澤是天庭的看門狗、拉磨驢。應澤不吭聲只管打，九遙看著卻很憂心。

因爲眼力稍微厲害點的便能看出來，應澤和貪耆雙方下手都留了餘地，不像戰場搏命，只像鬥氣互毆，尤其是應澤，避讓得明顯。

但仙與魔的戰場上，要的是——眞正的殺！

應澤這般做法，即便九遙能幫他敷衍天庭，龍族的軍營中，也容不下。

果然，應澤又一次和貪耆從清晨打到黃昏後，便被傳去了浮黎仙帝的王帳。

這屬於龍族的軍中事務，九遙不能參與，便留在大帳中。

到了半夜，應澤才回來，依然面無表情，但步履比平常沉重。九遙想詢問或開解，又都覺得不太合適，便沒有開口。

沉默了許久後，應澤突然道：「我會勸阿沐歸降。」

九遙微微皺眉，應澤的眼神堅定：「使君幫我瞞了天庭，我知道。但我不用瞞，我會勸阿沐歸降天庭，若不成功，讓我上斬龍台都行。」

九遙嘆了口氣：「你是仙，他是魔，他若想歸順天庭，早就會那麼做。而今你想勸，他未必聽。

何必……」

何必用自己的命，押在一件不太可能成功的事情上？

這句話，他沒說出來。

如果按照天庭的律法來算，應澤並不算冤枉，他的確屢屢對貪耆手下留情，才使得這一帶的戰局膠著難解。

已是仙和魔兩種不能相容的身分，早晚不是你死就是我亡，爲何還要這樣拖拖拉拉？

九遙想不明白。

應澤簡潔地道：「阿沐是我兄弟。」

九遙不得不問：「難道將軍覺得，三界的太平清明，比不上你們的兄弟之情？」

應澤垂下眼皮：「這不一樣，沒法相比。」

九遙無話可說。

應澤又掀起眼皮看了看他：「你沒有兄弟，所以，你不懂。」

九遙道：「三界中，只要不是魔物，都是吾友。」

應澤道：「那是泛泛之交，不是眞朋友、眞兄弟。」

九遙有些好笑，朋友還分了眞假？

應澤搖頭：「使君這樣的仙，看似與誰都好，其實最難相交，眞朋友，你不懂。」

九遙被噎得說不出話，他自認隨和，待人無遠近，見面點頭笑一笑，都是朋友。被應澤一說，倒像他十分涼薄。

族類不同，標準有異。

九遙自知，到這個份上，應澤他是勸不動了。索性由他去吧。

次日夜裡，他見應澤收拾了一個包袱，出了營帳，他知道，應澤是去勸降貪耆了。

九遙對著帳簾嘆了口長氣，簾子一動，應澤竟又走了進來，他抱著包袱，從懷裡摸出那枚龍牙，遞給九遙。

「請使君先幫我收著，我的將印在桌上盒裡，如果我回不來……」

九遙的嘴角抽了抽，接過龍牙：「如果將軍回不來，我會稟告天庭，將軍只是腦子僵了，並不是叛徒。」

應澤望著他的雙眼，認真地說：「多謝。」抱著包袱走出了帳篷。

天快亮時，應澤回來了，手中沒了那個包袱，看似依然面無表情，但目光裡隱隱帶著興奮。

九遙把龍牙還給應澤：「看來將軍已然勸降成功了。」

應澤接過龍牙收進懷中，搓搓手：「還沒有，不過我覺得，差不多了。明天，阿沐讓我陰山下見。一般他這樣說，就是已經同意了。」

九遙卻覺得有些靠不住，以貪耆以往的表現來看，他與應澤寬厚隱忍的脾氣不同，不服天不服地，任性恣意，對應澤在天庭當差之事異常不屑，魔族那裡他雖不是頭目，但明顯也不遵從頭目魔頭的調遣。

他肯歸降天庭，幾乎不可能。

九遙不便深疑，淺淺地提點了一句：「將軍竟能說動他收斂脾氣歸順天庭？那眞是再好不過。」

應澤嘆了口氣：「歸順天庭，恐怕一時半刻還不行，只要他肯離開魔營便可。」

他轉過身，顯然不願再和九遙深談，九遙不好再詢問，只又說了一句：「只要魔營那邊肯放他離開，就再好不過。」

應澤肯定地說：「阿沐想走，誰也攔不住。」

夜半，突有緊急戰況，魔族的頭領糾結魔族精銳突破天兵防線，直奔天庭，浮黎仙帝帶了數十萬兵馬趕往增援。人間界此處的龍營，暫由敖明代掌。

敖明立刻升帳點兵，選二十萬天兵主動突襲魔營，截斷魔族往天庭增兵的可能。應澤麾下的兵馬被敖明分去多半，剩下的五萬兵，敖明卻交給應澤的副將廣恩統領，讓他鎮守雲嶺陰山一帶關隘，倘若魔族逃竄，便迎頭攔截。

敖明最後向應澤道：「應兄，你就帶著一萬兵馬在大營待命吧。」

應澤垂下眼：「好。」

敖明起身道：「應兄，這麼安排，不是我想擠兌你，雲嶺陰山一帶，一直是那個貪者的地盤，此戰不比往常，容不得拖延了。」

應澤點頭：「我明白。」

敖明臉上閃過一絲不忍，九遙皺眉看帳中的沙盤：「龍營的戰事，本君本沒有資格插手，請敖明殿下不要怪我多事——雲嶺一帶，魔兵數日不少，貪耆驍勇，那裡瘴氣濃重，方便斂藏氣息，極易設伏，廣恩將軍如果多帶些兵，是否更穩妥？」

敖明環起雙臂：「九遙君座太不瞭解我們龍族的戰力了。」

廣恩將軍大笑道：「不錯，五萬兵俺都嫌帶多了！對付區區小魔，一萬兵足矣！」

九遙瞥了一眼應澤，見他一徑沉默，便不再多說甚麼。

敖明與廣恩帶領兵馬出了大營，營地中空空蕩蕩，九遙站在大帳邊，目送天兵們的塵煙遠去，心中總不踏實。

他走回營帳中，只見應澤站在沙盤前，雙眉深鎖，雙眼直直地出神。

九遙問：「將軍是否也覺得不妥當？」

應澤沉默許久，方才答道：「阿沐答應了我，便不會再出兵，應該無妨。」

九遙挑眉：「萬一貪耆言而無信……」廣恩和那五萬兵，可能都不是貪耆一個的對手。

應澤猛地抬頭，冷冷道：「阿沐不會如此！」

九遙初次肅然道：「身爲監察使，本君須得提醒將軍，三界太平與私人情誼，孰輕孰重，還當分清。」

應澤轉過身，一言不發走出了帳篷。

肆

傍晚，九遙捧著呈天摺，猶豫不定。

應澤的表現，他理應呈報天庭，可呈報了天庭，恐怕應澤就會立即被抓回天庭審問，貪耆就十之有十會與廣恩和那五萬天兵正面交鋒，廣恩必敗，敖明與二十萬天兵腹背受敵，勝算亦很小。天庭那邊恐怕一時半刻分不出兵力來增援此處，整個戰局都會受到牽連。

報，還是不報？

九遙闔上摺子，嘆了口氣，帳簾一掀，半天不見蹤影的應澤走了進來，托著一罈酒，看了看九遙手中的摺子。

「使君不必替我隱瞞，只管稟報天庭。之前使君幫我許多，應澤十分感激。」

九遙沉默不語，應澤在他對面坐下，斟了一大碗酒，一口灌下：「使君之前問我，三界太平與兄弟之情，孰輕孰重。其實這個問題，我不好答。」

九遙微微皺眉，應澤晃了晃酒碗：「我不欺瞞使君，當日我到天庭當差，並非為了三界太平，只想讓我和阿沐過上好日子。」

應澤又灌下一碗酒，坦然道：「你知道，因為我和阿沐是應龍。」

九遙不語，應龍身為龍族一支，模樣與其他的龍大不相同，屬於神還是魔一直備受爭議。

應澤苦笑一聲：「連同族都對我們心有防備。說我們應龍嗜血暴戾，不與我們往來。」

九遙沉默地聽，聽應澤說他和應沐小時候如何連其他的玩伴都沒有，艱辛地長大，不論做多少事，都無法像其他的龍那樣受到尊敬。

「我到天庭做事，只爲證明，應龍的心比誰都正。我們並不像傳聞那樣可怖。」應澤捏緊了酒碗。「可我這樣做了，卻連唯一的兄弟都沒了。」

應澤說，應沐和他不同，應沐從來不顧旁人的看法，只要自己快活就行，反倒說他去天庭，是做走狗。

「說實話，到了此時此刻，我想不通，我這樣做是對是錯，倘若我不在天庭做事，可能阿沐根本不會摻和進魔物的陣營。我眞不知道我該如何是好。」

九遙只能嘆息，換成他是應澤，他應該也不知道如何是好。

「將軍與應沐之間的情誼，我之前無法理解。因爲……將軍之前說得對，像應沐之於你這樣的好朋友、好兄弟，我從沒有過。」

鳳與龍的族類不同，習性也不相同。鳳族即便夫妻父子兄弟之間，亦十分禮讓，鳳凰到了可以離巢的年紀，都要自立去修煉，離開洞府，單獨居住，從不混居。

九遙十歲時就獨立居住，除了教授仙法禮儀的老師之外，連同族也鮮少接觸，三百歲時接任鳳君，只管理鳳族事務。天庭中見到仙友，也僅是談天論道、飲茶下棋，像龍族那般，勾肩搭背、稱兄道弟，甚至同吃同住的交情，他從未接觸過，更從未想過。

而如今，他卻覺得自己能體會到一點。正因如此，他說了以前的他絕不會說的話：「我雖然還不能完全體諒將軍的心情，卻也知道你難以取捨。難以取捨時，不妨就隨心而行。不論對錯，都能少些遺憾。」

應澤定定地看他，忽而抱起酒罈，斟滿酒碗，推到他面前：「多謝！但憑今日一番話，你是我應澤除了阿沐之外，第二個好朋友！」

九遙笑一笑，拿起那碗酒，一飲而盡：「將軍是我的第一位真心好友，我更當敬你。」

應澤站起身：「我這就去找阿沐，定當讓他脫離魔營！」

九遙亦起身，有許多話想說，到了口邊，卻只變成了四個字：「凡事小心。」

九遙後來想起此事時，總覺得那時他吐出了這四個看似不甚應景的字，便預示了事情的結局。

結局不幸被他言中，貪耆答應與應澤相見，是一個圈套。

應澤不信貪耆會騙他，毫無防備地踏進了圈套，喝下了貪耆遞來的迷酒。

貪耆對應澤還是手下留情了，應澤毫髮無損，可是廣恩與五萬天兵卻遭到了埋伏，幾乎全部戰亡，敖明腹背受敵，手下的兵卒也折損許多，幸而應澤醒來後，及時前往增援，受了重傷，才保住敖明一條小命。

貪耆的目的，正是以此逼迫應澤離開天庭，就像應澤想勸他離開魔營一樣。

待應澤醒來時，發現滿山遍野都是天兵的屍骨，昏迷前，貪耆的長笑在他耳邊迴響。

「應澤，就算你不反，天庭也會把這筆帳算在你頭上！生來就不是和他們一路的，何必委曲求全？應龍就該不服天、不服地，三界間任我縱橫，自由自在！」

伍

浮黎仙帝自南天門的戰場趕回來，親自審理此事。

應澤雖然有徇私和擅離職守之罪，可是兵是敖明點的，最大的責任不在他。

浮黎仙帝判罰應澤在捆龍樁上受了三百鞭刑，戴罪立功。

九遙替他隱瞞，亦問了個知情不報之罪，但他是天庭特使，龍營不能罰他，就將他的罪責先呈報天庭。

九遙從一開始替應澤遮掩時，便做好了受罰的準備，對此並不以為意，只是擔憂應澤。

應澤救敖明時傷得很重，又受了鞭刑，身體難以支撐，偏偏他還不肯休養，守著沙盤，不吃不喝不睡，把所有的責任都算在自己身上。

九遙偶爾勸解，應澤就轉身走開，根本不聽。

離開帳篷後，他常去離陰山雲嶺最近的山坡上，望著魔營的方向，一徑沉默。

九遙束手無策。有探子送來情報，魔族要趁這次龍營元氣大傷的機會，大舉進攻。

偏偏這個時候，浮黎仙帝為了大局，不得不再次去增援南天門，調來四海龍王共同主持局面。

帥帳處清點兵馬，做好了與魔族誓死一戰的準備。

離開帥帳時，應澤忽然向九遙道：「使君可要與我到那邊山上走走？」

山崖上，應澤取出了一把劍：「使君，我有一事相託。」

風吹得他黑色的披風和九遙淺青的衣袂獵獵作響，應澤的聲音如風一般蒼茫。

「與魔族之戰，我沒有勝過貪耆的把握。」

九遙第一次聽他稱呼應沐為貪耆，應澤的神色如岩石般冰冷。

「貪耆與我實力相當，我熟知他的戰法弱點，他亦深知我的。假如我沒受傷，我或能僥倖勝他，而現在……需要使君幫我。」

他把劍遞到九遙面前。劍無鞘，閃著冷峭的寒芒，鋒銳非常。

「此劍名為少青，若我敗了，天下間能制住他的，可能只有它了。我把應沐，託付給使君。」

九遙接過長劍，劍身狹窄，不算沉重，雖然寒光四溢，意外地，摸起來，卻帶著一股淡淡的溫潤，九遙竟判斷不出它是用甚麼材料鍛造成的。

九遙心中沒來由地生出一股悲涼與滄桑，他有種不好的感覺，又不願去深想。

他收起劍，一字字道：「我定不負將軍所託。」

那一戰，天和地都是血紅色的。

那一戰，天兵與魔族的屍體在人間堆出了連綿的山脈。

眼中所見的，只有血的顏色，充斥在天地間的，只有血的味道。

一片腥艷中，唯有兩抹純黑，不被血色所染，展翼翱翔。

飛到晚霞之端時，其中一條應龍噴出雷球，另一條應龍身影頓了頓，沒有避開，被重重擊中。

吐雷的應龍怔了怔，望著另一條應龍下墜的身軀。

「應澤，你搞甚麼鬼!?這點小招你會避不過？用假受傷這招騙我？當我是二傻子麼！」

他一個俯衝，疾飛向下，想用爪抓住正在墜落的應澤。

突然，一聲鳳鳴，一隻青色的鳳凰從雲層深處電一般掠來！

應龍的爪子堪堪要抓住應澤，沒有及時理會，就在這一瞬間，一柄劍，刺進了他的胸膛。

應龍愣了一下，勾著應澤身軀的爪子一鬆，應澤直墜而下，血色的山脈震顫。

九遙感到一股巨力擊在自己身上，漸漸模糊的視線中，他看到了一雙憤怒而驚愕的眼，那雙眼與應澤很像，卻又不同。

那雙眼更清更亮，沒有他所熟悉的隱忍和執著。

應澤告訴他，應龍的心，在胸口最正中的位置，所以，應龍是最正的龍。

方才，他把劍刺進貪耆的胸中時，的確感到了心的跳動。穩而有力的，龍的心跳。

應龍的嘯聲響徹天地，越來越遙遠。

九遙闔上雙眼，也許他會灰飛煙滅，所幸，他未辜負所託。

陸

卿遙自夢中醒來，天已正午。

一場大醉後，夢裡前生已過，烈烈紅日，照著人間朗朗乾坤。

潭水邊，萬丈高山，名曰雲蹤。

雲蹤，千萬年前，那條應龍曾握著它橫掃魔族，誰曾想，今天，世人只識得它是一座石山。

劍已成山，劍的主人呢？頂天立地的應龍，早已湮滅無形，三界中，再無存留。

站在雲蹤山下的他，今生只是凡人。修道修道，成了大道，得了長生，回了天庭，又能如何？

過去種種皆無，而今一切皆空。

卿遙踏水掠過寒潭，隱隱約約的，他竟又感到了熟悉的氣息。

應龍的氣息。

他的手不由得撫上山壁：「雲蹤，你可認得我麼？」

雲蹤震顫，九遙的鳳息從他的掌心流出，滲進石壁，與應龍的氣息相容。龍息越發翻湧，往昔種種，盡數浮現。

寒潭之水，因雲蹤的震顫激起水浪，突然一陣破天轟鳴，水浪劈開，一道黑影躥出！

卿遙睜開眼，猛地一凜。

一個黑衣男子凌空站在水上，負著雙手，直直地望著他。

卿遙定定地立在潭邊，恍惚身在夢中。

那凝視他的雙目，與他熟悉的雙眼很像，又不同。

更清，更亮，沒有隱忍，沒有執著，一眼能望到底，現在，那雙眼中，帶著疑惑。

「你是何人？爲甚麼放出了本座？」

他聽見自己的聲音道：「不知兄台如何稱呼？」

那人答道：「我叫應澤。」

應澤，應澤，爲何他會說自己叫應澤？

萬般紛亂，諸念皆生。

千萬年前，應澤的話忽而迴響在耳邊——「我把應沐，託付給使君」。

卿遙向眼前的應龍微微笑了笑：「此名甚是灑脫，在下卿遙。」

〈番外・九天雲蹤〉完

番外

猴緣

壹

「師父師父，後面有隻猴。」

莊陵子頭也不回，對身邊的鶴童道：「一隻猴有甚麼大驚小怪的，不必理會。」

鶴童回頭張望：「師父師父，那猴跟了我們一路了。」

莊陵子淡淡道：「我們是仙，凡間小畜通靈竅者，皆能察到，自然會跟隨，莫理莫看，我們駕雲它爬樹，想跟，也跟不上。」

鶴童依然頻頻回頭看：「師父，跟得上，那猴有翅膀，會飛。」

莊陵子皺眉：「混說，猴哪有翅……」一回頭，他話沒說完，因爲後面那隻猴的確正在飛，張著一對皮翅，撲搧撲搧，飛得還不算慢。

莊陵子一招手，從衣袋中喚出一張玉簡，抬指飛快書寫——**弟子莊陵子急急請教師尊，凡間的猴長翅膀正常麼？**

片刻後，玉簡上金光閃爍，浮現出師尊吹鬍子瞪眼的形容：「阿陵你這慫娃！平時果然沒認真看書！盡在關鍵時刻給老夫丟人！長翅膀的猴名叫翼猴！本是魔族，因沒有魔性，放養在凡間！」

莊陵子大悟：「原來如此，怪不得此猴竟有一片向道之心。」

那猴子已經飛到了近前，正淩空懸在一朵雲上，作磕頭狀。

鶴童拉扯莊陵子的衣袖：「師父，它怪有趣的，收了它吧，養在觀裡吃果子好耍。」

猴子抬起亮晶晶的眼，滿臉期待，玉簡中的師尊一聲怒吼：「不能收！猴子這東西專愛惹事！鬧天宮那隻你還記得不？玉帝最不耐煩猴子！你收豬收鴨收蛇收虎，哪怕收只蟑螂，都不准收猴子給老夫找麻煩！不管有沒有翅膀！聽到沒有!?」

莊陵子捧著玉簡看鶴童：「聽到沒有？」

鶴童癟癟嘴，低下頭，猴子也聽到了，它搧搧翅膀，無辜地看著莊陵子，表示自己是一隻無害的猴子。

莊陵子嘆了口氣：「不是我不收你，我只是個小神仙，後台不硬。這次下界，也是奉命打雜，收不了你。你若有道緣，將來會遇到助你成仙之人的。」

後面這句是天庭通用的敷衍的話，猴子第一次聽說，對它還挺管用。

猴子的眼中浮起一層盈盈霧氣，但沒有再跟了。

莊陵子趁機帶著鶴童，飛快地駕雲走遠。

貳

莊陵子此番下界，眞的是奉命打雜。

千萬年前，仙魔大戰時，鳳君九遙力擒妖龍貪耆，身受重傷，存留一絲仙元，下界轉生，待養足魂魄，再回天庭。

天庭安排九遙修道歷練，有種種關隘，其中一項便是遊歷凡間名川勝地，吸收靈氣。但靈山之中，往往有妖物，爲了防止轉生的鳳君被不知名的妖怪抓去作補品，天庭特派了幾個莊陵子這樣的小神仙預先到這些地方踏看一番，有妖降妖，鋪平道路。

何不直接把轉生的鳳君接回天庭，灌灌仙丹，飛快成仙呢？

非要搞這些彎彎繞繞，眞是折騰。

莊陵子心裡牢騷很多，但辦事卻不敢馬虎，仔仔細細把要踏看的地方一一搜尋。

結果——

「吱。」一隻猴子蹲在樹梢，興奮地撲搧著翅膀，與他大眼瞪著小眼。

莊陵子呵呵笑了一聲：「你還眞是有道緣啊！」

「吱吱。」

「吱吱吱。」

「吱吱吱吱吱。」

一旁的樹杈上、石縫中、山洞口……探出了一個兩個三、四個……猴腦袋，一雙雙紅彤彤的眼睛亮晶晶，一對對皮翅搧啊搧……

莊陵子再笑，有點僵硬：「原來你是猴王啊，這些都是你的兒孫？」

這座山上，眞的有魔，不過魔就是這堆猴子。

莊陵子再飛快地招出玉簡，抬指疾書——師尊，魔物就是那堆長翅膀的猴子，怎麼辦？

玉簡金光閃爍，師尊的面孔再度浮現，咆哮：「傻小子，這也要問!?猴子傷人麼？傷人就降！不傷就放！」

莊陵子嘆了口氣，視線將周圍一掃：「當然不傷。」

猴子正和其他的小猴子們一起蹲在他身旁，手裡捧著桃子杏子李子葡萄……還有一個酒香四溢的葫蘆……猴子居然還會釀酒。

「而且還送果子給弟子吃，還有酒……」

師尊摸了摸鬍子：「猴兒酒啊……嗯，翼猴無害的，九遙鳳君的轉生應該搞得定的，乖徒孫回來吧，記得把酒給老夫帶著。」

莊陵子的嘴角抽了抽：「遵命。」

凡間有句俗話，叫吃人家的嘴短，拿人家的手軟。猴子的禮物，也不好白拿的。

鶴童啃下兩個杏子，莊陵子嚐了幾個桃子，把酒葫蘆給師尊收好，猴子們頓時歡欣鼓舞。最開始尾隨他們的那隻最大的猴，又匍匐在地，開始磕頭。

鶴童意猶未盡地咂著杏核道：「師父，收了它們吧，又不是每隻猴子都會鬧天宮。會種果子還會釀酒，師尊他老人家肯定也很喜歡。」

莊陵子無奈：「師尊喜歡猴兒酒，但絕對不會收釀酒的猴。它們連南天門都進不了，知道麼？」

鶴童哭喪了臉，猴子抬起眼，哽咽兩聲，竟然流淚了。

它頻頻作揖，嗚嗚咽咽，莊陵子手足無措，只得也向它作揖：「我真的沒這份能耐，能帶你們上天庭的人，會來的！」

他沒有說謊，鳳君九遙的轉世，比他這個小神仙強多了，帶猴子進天庭，說不定能夠成功。

莊陵子在衣袋中摸了摸，摸出幾樣東西：「也罷，收了你們的禮，也不好就這麼走了。我這裡有一瓶長生丹，你們分了，還有幾樣小法術，可以傳給你們。」

潛逃術、小擒拿、投擲術等等，防身足夠了。

呃，考慮到這些小招數可能還有別的作用，莊陵子補充：「可別用這些招數去偷東西和打家劫舍啊！」

最大的猴子睜大純良的雙眼，嗯嗯地點頭，帶著小猴子們蹲在石上，目送莊陵子駕雲直上九天。

參

「師父師父，南天門有猴子！」

鶴童一頭扎進丹房，莊陵子的手一抖！

鶴童的雙眼亮閃閃的，充滿興奮：「是咱們認得的猴子，有翅膀的那隻！」

莊陵子掐指一算，時間不對啊，人間今日距離鳳君九遙轉生的時候，應該已經有好幾百年了，猴子怎麼現在上了天庭？

誰有這麼大的能耐？

莊陵子帶著鶴童一路奔到南天門。

果然是那隻執著跟隨他們的大猴子，撲搧的皮翅，揹著一個包袱，蹲在南天門外，守門的天兵對猴子身邊的人說：「你能進，但是這隻猴，不合天庭的規矩，進不了。」

那人挑起了眉：「怎麼進不得？天庭能養鳥養狗，養虎養狼，爲甚麼容不下一隻猴子？它若不進，我也不進。」

莊陵子打量那人，臉黑、魁梧、一臉囂張、一身戾氣，應是個在凡間興風作浪的人物，卻竟能修道進了天庭？

天兵道：「你進或不進，與我等職責無關，耽誤了仙冊應卯，也是你的事兒。我等接到的傳報是，今日所接仙者，與麒麟有仙緣，不曾聽說還有隻猴子。」

那人冷笑道：「罷了，懶得和你們囉嗦，天庭這地方，孫某也不是非來不可！告辭了！」轉頭便走。

猴子揉揉眼睛，撲搧翅膀跟上，天兵訝異：「好急的脾氣，說走就走，怎麼能成仙的？」

莊陵子忍不住上前一步道：「且慢。」

猴子和那人停住腳步，與天兵們一起轉過頭。

那人疑惑地皺眉，猴子紅紅的眼睛呆呆地望著莊陵子，忽然吱吱叫了兩聲，眼中泛起水霧。

莊陵子清了清喉嚨：「這猴，的確有仙緣，放進來吧，我給它作保。」

天兵們皺眉：「仙君不是不知道上面的忌諱，何苦讓我們爲難……」

莊陵子面不改色地道：「這隻猴子，不是和我有仙緣，是與我師尊，能進麼？」

望著天兵們呆滯的臉，他又補充：「緣分很深啊！」

天兵們互望一眼，目光閃爍，片刻後收起兵器，後退一步：「罷了。」

猴子揹著小包袱，嗖地一頭扎進南天門。

天兵們不放心地補充：「仙君，萬一……」

莊陵子鄭重地道：「放心，天塌了，有師尊頂著！」

和猴子一道的人向莊陵子笑了笑，一抱拳：「在下孫奔，多謝仁兄。」

莊陵子笑了笑：「小仙莊陵子。」

「阿陵你這衰娃！盡給老夫找事！老夫幾時和這隻猴子有緣了？」兜率宮內，太上老君的咆哮聲驚天動地。

莊陵子嘿嘿笑道：「師尊忘記了，當年您老曾喝了它釀的酒，所謂一啄一飲皆前定，一滴泉水定終身，這都是您老人家平日的教誨……」

猴子拍著翅膀，嗯嗯地點頭再點頭，把手裡的酒葫蘆向上舉了舉。

太上老君的鬍鬚根根豎起：「你……」

你了半天，下文再也說不出來。

還是南天門外，孫奔向莊陵子抱了抱拳：「就此別過。」

登錄仙冊之後，孫奔選擇到下界遊歷，然後到麒麟宮任一份差事，聽說是麒麟帝君親自開口向天庭討要他，看來此人果然與麒麟有緣。

莊陵子拱手道：「孫兄保重。」看向一旁揹著包袱的猴子，笑道。「你也保重。」

孫奔轉過身，猴子也跟著轉身，身上依然揹著一個小包袱。

莊陵子心中一動，向猴子道：「你若是想留在天庭，我的觀中可讓你住。」

猴子轉頭看看莊陵子，搖頭。

是，帶它進天庭的，並不是他。

猴子拍著翅膀吱吱叫了兩聲，從身後包袱裡掏出一個紙包，捧給莊陵子，與孫奔一道，在雲靄之上，漸行漸遠。

莊陵子打開紙包，不禁失笑，紙中包的，是一顆桃子，脆且甜。

莊陵子嚥下桃肉，心想，有點塵緣，即便是和一隻猴子，也不見得是壞事，可能還有些意外的甜頭。

「師父師父——」鶴童從遠處匆匆跑來。「不好啦！蟠桃園的桃子又少了！！天兵們正在抓賊查贓呢！」

莊陵子嗓子裡一噎，嗆了一下。

鶴童的臉已湊近他面前，雙眼圓圓：「師父……你在吃甚麼？」

〈番外・猴緣〉完

小花絮

大風颳過談《龍緣》

大風颳過談麒麟族

正文中有很多設定沒有寫出來，實際上原設定裡麒麟族是非常護短的，麒麟王一直在暗中保護自己的女兒，這也是為甚麼鳳凰和其他神族靈族都不敢惹她。所以正文裡在琳箐除了沒和樂越談成戀愛之外，基本沒有受過其他大挫折，與她有關的線都很順……

樂越和孫奔都在毫無察覺的時候接受過來自準岳父的王者注視……

大風颳過談對緣分和命運的態度

這個……主要是想表達「不要軸」的思想吧。（軸是北方的方言，形容一個人特別認死理，特別執拗。）而且我認為，誰都不應該輕易地去給另一個人或一件事下定義，覺得自己可以完全掌控別人的命運。世事本就存在著很多變數，人也一樣。就像古人說的那樣——「命自我立」。心存善念，過好當下即可。

大風颳過談結局

這個說起來也有點宿命感了。在最早最早構思這篇文的時候，並沒有考慮很多，只是想寫一條不那麼霸道的萌萌小龍幫助一位少年成爲帝王的故事。當時還打算起名叫《龍帝》。聽名字就知道，最初考慮過讓樂越當皇帝的結局。然而後來因爲各種緣故，改成了《龍緣》。定下這個名字時就覺得，哎呀，貌似樂越當皇帝的可能性不太大了。

設定出這樣的結局實際也是我覺得，這樣對樂越和昭沅來說最好。因爲這兩隻都是比較單純直接的性格，如果樂越做了皇帝，就會改變很多。他和昭沅的關係也會變得更複雜一點。會是一個比較沉重的結局，也不符合他們的性情。

昭灕其實比昭沅要成熟圓融很多，定南王更是非常合適的帝王人選，這兩位的搭配是更加適合皇位的。

我個人覺得現在的結局是符合每個人性格的結局。

〈小花絮〉完

後記

簡體版

二〇一二年二月十六日，半夜一點二十二分，我開始給《龍緣》寫後記。竟然有種我在作夢的錯覺。

《龍緣》是我寫得最長的一篇文，也是出版最艱難的一篇文。因爲寫得太長了……終於，在龍年，它能夠出版了！

回想最開始寫這個故事的情形，居然湧現出的是「啊，那時候我還年輕」的感想。因爲距離的時間有點遙遠，以至於寫番外的時候，卡了很久很久。

到了後記這裡，有太多的話想說，竟然又覺得甚麼都說不出來。

在《潘神的寶藏》要出版的時候，我的心情很忐忑，我怕書賣不掉，怕讀者不喜歡，怕我從此被書商列爲「不好賣作者」的黑名單，怕了很多很多。

而在《龍緣》即將出版時，我的心中竟然只有一片坦然。

它是與我有緣的一個故事，我把它寫了下來。

故事都是先和作者有緣，然後再和讀者有緣。緣分比較好的故事，成了書，就會變成「暢銷書」。一般緣分的故事，雖然有緣人不多，但緣分不論多少，都同樣珍貴。

身爲寫下這個故事的人，感謝每一個喜歡它、願意閱讀它的人，帶來的緣分。

感謝你們愛它。

謝謝寫文的過程中給了我很多指導、把這篇文修正得更完美的雅竺老師，謝謝願意出版這本書的記憶坊文化。

每個春天即將到來的時候，都會讓人生出期盼和希望。
期盼著幸福，期盼著平安，期盼永遠都能快樂。
龍年的春天，《龍緣》這個故事的期盼是邂逅。
祝大家每個美好的願望都能成眞。

大風颳過
二〇一二年二月十六日凌晨於北京

後記

繁體版

超開心《龍緣》的繁體版有幸出版！激動之中其實也帶著幾絲忐忑呢。

這篇文是我目前所寫的文中主角年齡最小的一篇。一般我更多寫20＋歲的主角或幾百幾千歲的。但由於這篇文最初是爲某少女雜誌所寫的連載，我一貫的風格和常寫的主角類型都不太適合那本雜誌，於是就嘗試著寫了一個少年闖天下的故事。

對大架構的故事線掌控不足一直是我寫文的缺點之一，今天回頭來看，這篇文從文字到故事都有諸多缺陷，非常感謝仍不棄願意　讀它的各位讀者大大。

護脈神的設定此前在我的另一篇文《如意蛋》中有出現過，寫這篇的時候就直接拿過來用了。也可以說這篇文的大背景與我的另外兩篇文《桃花債》、《如意蛋》是相通的。《如意蛋》中的主角丹絑仙帝和另一位角色浮黎仙帝也出現在了番外篇《九天雲蹤》裡。

這樣做實際上並不是爲了架構一個虛幻的小宇宙，而是我想懶省事……

當然，護脈神的設定更多是參考了古典神話，比如龍神、鳳凰和白虎、朱雀、玄武的傳說。包括應龍，也多是沿襲了古代神話中的形象。

曾有讀者大大問過，樂越這個主角的設定和他的經歷是不是爲了表達一種宿命。然我的本意是要表達事事並非要遵照宿命。比如樂越不是昭沅要選擇的人，從身世來說，他本應該在昭沅的對立面。昭沅和樂越的相遇可以說是在錯誤的時間遇到了錯誤的人，但結果還挺不錯。

九凌和樂越之間則是另一個極端。九凌非常相信宿命，導致有些偏執，也因一念之差，犯下了不可彌補的錯誤。他以爲自己能安排一切，以爲世事如棋，樂越和世道可以按照他的想法與布置前行。然而，事實並不能夠如此。

人與人（龍？）之所以相識相伴，並非命運的安排，也不是什麼因果註定，只是因為我喜歡你。這就是我想通過這個故事表達的。（只是因為能力有限，可能未有好好地體現出來。）

也有讀者大大問，九凌魂飛魄散後，還有沒有可能轉生。這個，萬物循序，滅而又生，或許可以復活呀。（畢竟我是個甜文作者！）不過九凌犯的錯誤比較大，或許須要多散一會兒。

我本人比較喜歡的角色是琳箐和商景，因為我個人比較偏愛開朗活潑的性格或者看得很透徹又好脾氣的那種。如果自己可以擁有一位護脈神的話，我可能會選商景——性格好，比較容易搭檔。我感覺挑戰度最高的應該是應沐吧，傲嬌，且能吃……

不知道大家想選擇哪一位呢？

在這篇後記的結尾，要鄭重地感謝出版拙作的蓋亞出版社。拙作的文字與內容有許多謬誤與疏漏，謝謝編輯老師們的用心校訂與修正，更太開心有這樣精美的封面設計、內文印刷與裝幀，編輯老師、畫家老師、設計師老師和發行老師們都辛苦啦！超感謝關愛，比心~~

當然最最感謝的是願意閱讀並買下這部書的您。感恩關照與指教。拙作有幸與您相遇，即是拙作與我最大的福氣與最好的緣！

大風颳過

國家圖書館出版品預行編目資

龍緣.卷肆／ 大風颳過 著.
— — 初版.— —台北市：蓋亞文化，2020.05
冊；公分.

ISBN 978-986-319-475-0（卷4：平裝）

857.7 109002655

大風颳過 作品

龍緣 卷肆 一緣一會〔完〕

作　　者　大風颳過
封面插畫　見見
裝幀設計　莊謹銘
責任編輯　盧韻亘
主　　編　黃致雲
總 編 輯　沈育如
發 行 人　陳常智
出 版 社　蓋亞文化有限公司
地址：台北市103承德路二段75巷35號1樓
電話：02-2558-5438　傳眞：02-2558-5439
電子信箱：gaea@gaeabooks.com.tw
投稿信箱：editor@gaeabooks.com.tw
郵撥帳號 19769541　戶名：蓋亞文化有限公司
法律顧問　宇達經貿法律事務所
總 經 銷　聯合發行股份有限公司
地址：新北市新店區寶橋路二三五巷六弄六號二樓
電話：02-2917-8022　傳眞：02-2915-6275
港澳地區　一代匯集
地址：九龍旺角塘尾道64號龍駒企業大廈10樓B&D室
電話：+852-2783-8102　傳眞：+852-2396-0050
初版一刷　2020年5月
定　　價　新台幣 260 元
Published and printed in Taiwan

ISBN 978-986-319-475-0

GAEA

GAEA